KB062346

로크미디어가
유혹하는
재미있는 세상

ROK
MEDIA
로크미디어

# 이것이 법이다

# 이것이 법이다 68

2019년 7월 18일 초판 1쇄 인쇄
2019년 7월 23일 초판 1쇄 발행

**지은이** 자카예프
**발행인** 이종주

**총괄** 김정수
**경영 지원** 배진경 임혜솔 송지유

**기획** 이기헌 왕소현 박경무 이승제
**책임 편집** 최전경

**발행처** (주)로크미디어
**출판등록** 2003년 3월 24일
**주소** 서울시 마포구 성암로 330 DMC첨단산업센터 3층 318호, 319호
**Tel** (02)3273-5135 **편집** 070-7863-8592 **Fax** (02)3273-5134
**홈페이지** rokmedia.com **E-mail** rokmedia@empas.com

ⓒ 자카예프, 2015

값 8,000원

ISBN 979-11-354-3707-6 (68권)
ISBN 979-11-255-9575-5 04810 (세트)

# 이것이 법이다

## 68

자카예프 장편소설

로크미디어

# CONTENTS

부모도 자격이 필요하다

채운수는 자신의 양육권을 찾기 위해 홍수선을 고소했다.

그러자 홍수선은 발끈했다.

"누가 누구를 고소한다고! 법대로 하자 이거야! 내가 얼마나 아이를 사랑하는데!"

사무실에 와서 소리를 지르는 홍수선을 보고 노형진은 코웃음을 쳤다.

"그건 재판부가 결정해 주실 겁니다."

"세상에 어떤 판사가 부모의 사랑을 재단하고 판단할 수 있어!"

"솔로몬은 잘만 하더만요."

"뭐?"

"뭐, 아니면? 아이를 절반으로 자를까요?"

손채림이 홍수선을 보고 빈정거렸다.

홍수선은 이를 뿌드득 갈았다.

"후회할 거야!"

소리를 빼액 지르고 나가는 홍수선.

그녀가 나가자 손채림은 어깨를 으쓱했다.

"왜 저래?"

"자기 돈줄이 날아가게 생겼으니 어쩔 수 없겠지."

한 달에 몇백만 원씩 벌어 주는 채영아를 빼앗기면 직접 일하면서 먹고살아야 한다. 그러니 눈깔이 돌아갈 수밖에 없다.

"와, 저런 인간이 부모라고."

"모든 부모가 완벽하면 얼마나 좋겠어."

노형진은 한숨을 쉬며 말했다.

그러면 얼마나 좋을까.

"개인적으로 말이야, 난 군대보다 더 중요한 게 부모 교육이라고 생각해. 의무적으로 부모 교육을 받아야 한다니까."

"그런가?"

"그런가가 아니야. 생각해 봐, 불우한 환경에서 자란 아이들이 범죄 성향을 띠는 비율이 얼마나 되냐?"

"끄응…… 그건 그렇지."

부모들이 불우한 환경에 있는 아이들과 친하게 지내지 말라고 하는 것은 왜일까? 그냥 그 애들이 가난해서?

개중에는 그런 인간도 있다.

하지만 그런 인간들을 탓하기보다는, 다행이라고 생각하는 게 좋다. 그런 생각을 하는 인간들은 애초에 쓰레기니까.

그러나 그렇지 않은 부모들 역시 색안경을 쓰고 가난한 사람들을 보는 경우가 많다.

그건 어쩔 수 없는 현실 때문이다.

"결국 아이들의 탈선 확률이 높아지기 때문이야."

그리고 부모나 선생님보다 우정이 중요시되는 시기의 어린아이들은 그러한 탈선 과정에 쉽게 휩쓸리는 성향이 있다.

"난 말이야, 결혼을 하면 무조건 3개월은 부모 교육을 받아야 한다고 생각하는 사람이야. 부모가 제대로 되어 있다면 우리나라의 범죄율이 40%는 줄어들걸."

"부정을 못 하겠네."

가난하다고 해서 죄다 범죄자가 되는 것은 아니다.

부모가 제대로 이끌어 줄 수만 있다면, 상황이야 어떻든 간에 정상적인 사회인으로 자라는 것이다.

"악순환이지, 악순환."

범죄자는 무조건 아이를 가지지 말라는 게 아니다.

하지만 국가가 나서서 그들이 부모가 될 수 있는 여건은 만들어 줘야 하지 않겠는가?

"정치인이 그런 거 신경 쓰면 얼마나 좋겠어."

어깨를 으쓱하는 손채림.

"그런다고 해도 이 두 사람 같은 인간들은 답이 없겠지만."

"흐흐…… 그러게나 말이야."

끼리끼리 만난다는 말이 지금처럼 딱 맞는 경우도 드물 것이다.

사실 노형진은 이유가 있어서 소송대리를 하고 있지만, 채운수나 홍수선이나 도긴개긴이다.

"이길 수 있겠어?"

"이길 수 있을 거야. 어려운 일은 아니니까. 증거도 있고."

다행히 소속사에서는 모든 아이들을 칼같이 관리했다.

그건 채영아도 마찬가지다.

아무래도 아이돌 지망생이라는 특성상, 과거의 감춰진 비밀이라도 터지면 아무리 성공했어도 훅 가는 건 순식간이니까.

"이 기록대로라면 말이지."

홍수선은 지난 몇 년간 아이를 만나러 온 적이 없다. 오로지 돈을 받으러 왔을 뿐이다.

물론 돈은 계좌로 받아도 된다.

그럼에도 불구하고 돈을 직접 받으러 오는 이유는, 아이를 만나기 위해서가 아니었다.

아이의 돈을 혹시나 남편인, 아니 남편이었던 채운수에게 한 푼이라도 더 줄까 봐 일일이 기록을 다 확인하기 위해서였다.

"하여간 미친놈들 많아."

노형진은 고개를 흔들었다.

"설마 더한 짓도 하지는 않겠지?"

"뭐, 할 여력이나 있겠어?"

기껏해야 지금 나가서 아이를 설득하는 정도밖에는 못 할
것이다.

"그다음에는 어렵지 않으니까."

노형진은 어깨를 으쓱했다.

하지만 이번에는 그도 실수하고 말았다. 인간이 미쳐 날뛰
다 보면 얼마나 바닥으로 떨어질 수 있는지를 미처 생각하지
못한 것이다.

최소한 부모라는 부분 때문에, 그렇게 바닥으로 떨어질 거
라 예상하지 못했다.

⚖

띠리링, 띠리링.

잠결에 울리는 벨 소리에, 손채림은 베개에 얼굴을 파묻었다.

하지만 끊임없이 울리는 벨 소리는 결국 그녀를 깨우고 말
았다.

"하아아암."

밤 12시.

일어나서 시계를 본 손채림은 입맛을 다시며 전화를 바라

보았다.

"그래, 어쩐지 칼퇴했다 싶었다."

그녀는 툴툴거리면서 전화를 들었다.

"어?"

그런데 액정에 떠 있는 전화번호는 전혀 모르는 번호였다.

"누구지?"

하지만 끊임없이 울리는 걸 봐서는 다급한 일인 듯해 그녀는 전화를 받았다.

"여보세요."

─언니, 저예요! 살려 주세요! 도와주세요!

"응? 누구? 잠깐, 이 목소리는 영아 아니니?"

채영아 아닌가?

그런데 그녀가 왜 핸드폰을 가지고 있단 말인가?

손채림이 알기로는 연습생들에게는 핸드폰이 없었다.

─엄마가 절 이상한 곳으로 끌고 왔어요! 지금 호텔 방인데! 어떡해요! 언니, 나 좀 살려 줘요! 엉엉!

손채림은 정신이 번쩍 들었다.

밤 12시에 호텔이라니? 이해가 가지 않는다.

"엄마가 널 끌고 오다니, 무슨 소리야? 엄마랑 같이 있니?"

설마 설득을 하려다가 도무지 방법이 없어 보이니 폭력을 행사하려고 하는 걸까 하는 생각이 드는 손채림.

하지만 상황은 그것보다 더 최악이었다.

-모르겠어요! 이상한 남자랑 같이 있어요! 그 남자가 절 성공시켜 줄 거라면서!

"뭐? 이런 미친년!"

손채림은 자리에서 벌떡 일어났다.

아무리 설마 하는 생각이 들기는 하지만…….

"남자는?"

-샤워실에 들어갔어요! 전 그 남자 핸드폰으로 전화하는 거고요!

"이런 개 같은 경우가! 당장 거기서 나와!"

샤워실에 들어간 남자.

더 이상 무슨 말을 해야 한단 말인가?

-문이 잠겼어요! 바깥에서 뭘 막았나 봐요! 언니, 나 좀 살려 줘요!

"뭐?"

호텔의 문은 안에서 잠그도록 되어 있으니 바깥에서 잠글 수 없다.

그 말은 누군가 문밖에 서서 문을 열지 못하도록 막고 있다는 소리다.

그 사람은 그 미친년 아니면 남자가 데리고 다니는 누군가일 것이다.

'이거 완전 개년 아냐?'

설마 딸에게 이런 일을 시킬 줄이야.

영아의 나이는 고작 열네 살이다. 남자와 관계는커녕, 뽀뽀하는 것만 봐도 꺄꺄 하면서 부끄러워할 나이 말이다.

그런데…….

"거기 탈출할 수 있는 통로 없어?"

―여기 높은 건물이에요! 방법이 없어요!

그 순간 들리는 목소리.

―어, 뭐야? 지금 뭐 하는 짓거리야! 너 그거 안 내려놔!

누군지 모를 남자의 굵직한 목소리.

남자가 샤워실 바깥으로 나온 게 분명했다.

―꺄야야악!

"침대 아래에 숨어! 숨어 있어! 당장!"

그리고 우당탕 소리가 나더니 핸드폰이 금방 꺼져 버렸다.

손채림은 다급하게 소속사에 전화했다.

다행히 당직을 서는 사람이 있는지 전화는 금방 연결되었다.

"지금 채영이 어디에 있어요!"

―영아요? 지금 엄마랑 나갔습니다. 엄마가 설득해 본다고 해서요. 저희는 아무래도 소속사일 뿐인지라 만남을 막을 방법이 없어요.

미안한 듯 말하는 직원.

물론 그들에게 힘이 없는 것은 사실이다.

하지만 상황이 상황인지라 말이 좋게 나오지 않았다.

"지금 상황이 어떤 줄 알아요!"

-네?

"그 엄마라는 미친년이 누군지도 모른 남자 새끼한테 영아를 성 상납하려고 한다고요!"

-......!

소속사 근무자는 순간 어이가 없어서인지 침묵을 지켰다.

"당장 확인해 봐요!"

-그 말이 사실이에요?

"씨발, 내가 밥 처먹고 이 시간에 그런 걸로 장난 전화 하게 생겼어요!"

절로 욕이 나오는 상황.

-당장 확인하고 사장님이랑 다 부를게요!

다급하게 전화를 끊는 직원.

아마 사람들을 부르기 위해 사방에 전화하고 난리가 났을 것이다.

"젠장...... 어디인지 알아야 말이지!"

구하러 가고 싶다. 하지만 어디에 있는지 알 수가 없으니 그것마저 불가능하다.

"그래...... 형진이라면 알지도 몰라."

어떻게든 방법을 찾는 게 노형진이다.

손채림은 다급하게 전화를 들었다.

"뭐?"

노형진은 손채림의 말에 어이가 없어 잠이 확 깼다.

─상황을 보니까 설득한답시고 데리고 나가서 일을 저지르려나 봐.

"이런 미친년!"

노형진은 그 여자가 눈앞에 있으면 당장이라도 씹어 먹을 듯 말했다.

하지만 지금으로써는 그럴 수가 없다.

─당장 그 여자가 있는 곳으로 가야 하는데 어딘지 모르겠어!

"경찰은?"

─장소가 특정되지 않으면 출동이 어렵대.

"이런 개 같은 경우가……."

노형진은 입술을 깨물었다.

문제는 그게 틀린 말이 아니라는 거다.

서울에 호텔이 한두 곳도 아니고, 정보라고는 고층이라는 것뿐이다.

'염병.'

보아하니 창밖이 보이는 고층 호텔인 모양인데, 요즘은 어느 정도 규모만 되면 그런 식으로 호텔을 올린다. 당연히 당장 그곳이 어딘지 알 수가 없다.

"소속사에서는 뭐래?"

─난리가 났지만 방법이 없지.

경찰도 방법이 없는데 소속사라고 방법이 있겠는가?

'그러면……'

그냥 마냥 기다리거나 서울의 수많은 호텔들을 다 뒤질 수는 없다.

"다시 전화해 봤어?"

가장 좋은 건 전화해서 적당히 겁주는 거다.

─안 돼. 전화기가 꺼져 있어! 아까 부서졌나 봐.

"염병."

노형진은 입술을 깨물었다.

전화기라도 켜져 있다면 119 쪽을 기대해 볼 수도 있다.

경찰을 통해 요청해야 하긴 하지만, 그들은 경찰과 다르게 긴급 상황의 경우 영장 없이 추적이 가능하니까.

하나 아예 꺼진 경우라면 그들이라도 방법이 없다.

'잠깐, 전화가 왔잖아?'

전화가 왔으니 전화번호가 있지 않을까?

그 전화번호라면?

"그 전화번호 당장 나한테 보내."

그리고 순식간에 전화번호가 전송되었다.

물론 전화번호로 상대방이 어디에 있는지 알 수는 없다. 하지만……

'그 미친년이 성공시켜 준다고 했단 말이지.'

그 말은, 그 남자가 누군지는 모르지만 최소한 이 바닥의 인간이라는 것이다.

그리고 이 바닥 인간 대다수의 전화번호를 알고 있는 곳이 있었다.

노형진은 당장 엔터테인먼트조합에 전화를 걸었다.

—네, 엔터테인먼트조합입니다.

"노형진 변호사입니다."

—안녕하세요, 변호사님.

"제가 다급해서 그러는데 전화번호 하나만 확인해 주세요."

—전화번호요?

"네, 지금 급합니다."

—잠시만요. 인명록에서 검색해 보겠습니다. 전화번호가 어떻게 되지요?

노형진은 당장 전화번호를 불러 주었다.

번호를 다 부르기도 전에 그가 누군지 나왔다.

—뒤에 두 자리가 34 아닌가요?

"맞습니다!"

—장신여 투자센터장이네요.

"장신여 투자센터장요?"

—네. 주로 영화 투자 업무를 담당하고 있습니다만, 무슨 일입니까?

확실히 영화 투자사의 대표라면 큰 힘을 가지고 있을 것이다.

조연으로 배우 하나 넣는 건 일도 아닐 테고 말이다.

"그놈이 미성년자 강간을 하려 하고 있습니다."

-네?

"미성년자를 강간하려고 한다고요! 그놈이 어디에 있는지 알 수 있습니까?"

-그건…….

상대방은 잠깐 고민했다.

하지만 진짜 찰나의 순간이었다.

-알 만한 사람이 있습니다. 잠깐만 기다려 주십시오.

그는 전화를 끊었다.

그리고 채 5분도 지나지 않아서 다시 전화가 왔다.

-그 인간, 헤스톤 호텔에 있답니다.

"감사합니다. 어떻게 아신 겁니까?"

-가면 알게 되실 겁니다.

노형진은 더 이상 묻지 않았다.

그 대신에 다급하게 옷을 입고 차 키를 꺼내 주차장으로 달리면서 엘리베이터에서 다른 사람들에게 일제히 문자를 보낸 뒤 헤스톤 호텔 전화번호를 찾아 다급하게 전화를 걸었다.

-네, 헤스톤 호텔입니다.

"야, 이 새끼야! 너희 미쳤어!"

-고객님, 다짜고짜 전화해서 욕하시면 안 됩니다. 모두

녹음되고 있습니다.

"욕 안 하게 생겼어! 지금 호텔 내부에서 미성년자 강간이 벌어지고 있는데 그걸 방치해?"

-네?

당황해서인지 말문이 막히는 호텔 관계자.

"장신여 그 새끼가 미성년자를 강간하려고 하는데 그걸 알면서 받아 줘?"

-그럴 리가요. 그분이 그런 일을 하실 리가…….

이로써 확실해졌다. 장신여는 그곳에 있다.

만일 거기에 장신여가 있느냐고 물어봤다면, 당연히 대답해 주지 않거나 없다고 했을 것이다.

하지만 노형진의 속임수에 호텔 측이 홀라당 넘어간 것이다.

"당장 경찰하고 기자들 끌고 간다. 내일 아침 언론에 미성년자 강간을 방조하는 호텔로 메인에 올려 줄 테니까 각오하고 있어!"

-고…… 고객님!

하지만 노형진은 가차 없이 전화를 끊고 옆 좌석으로 던져 버렸다.

전화기는 시트에 떨어지기 무섭게 미친 듯이 울렸으나 이내 꺼졌다.

"일단 급한 불은 껐군."

호텔 관계자가 미친놈이 아닌 이상에야, 당장 경비를 보내서 장신여가 있는 호텔 방문을 따고 아이를 끌어낼 것이다.

경찰이 아무리 빨라 봐야 그보다 빠를 수는 없다.

"망할 놈들, 죽여 버리겠어."

노형진은 차의 액셀을 밟으면서 미친 듯이 달려 나갔다.

⚖

"헉헉."

노형진이 현장에 도착했을 때 호텔은 아수라장이었다.

9층에서 경찰과 경비원 그리고 장신여가 언성을 높이고 있었다.

"이 새끼들아! 내가 누군지 알아! 내 전화 한 통이면 사람들이 다 튀어나와! 허, 참! 뭐? 미성년자 강간? 그런 말도 안 되는 개소리는 누가 하는 거야?"

"그걸 확인하기 위해 잠깐 보자는 겁니다."

"개소리하지 마! 여기에는 아무도 없어!"

소리를 지르는 장신여.

노형진은 그를 무서운 눈으로 바라보다가 안쪽을 살펴보았다.

아무리 봐도 사람은 없었다.

"아이는요?"

"안 보이는데요?"

"미성년자 강간 맞습니까?"

경찰도, 호텔 매니저도 곤란한 표정이었다.

하긴, 장신여는 상당한 힘을 가진 사람이니까.

그러니 지금까지 안에 들어가지 못하고 뭉기적거리고 있었지.

하지만.

'여기에 있는 게 확실하군.'

호텔 로비에서 자신을 발견하고는 화들짝 몸을 피하는 홍수선을, 노형진은 분명히 봤다.

잡을 틈도 없어 급하게 올라오느라, 그 여자는 노형진이 자기를 못 본 모양이라고 생각하겠지만.

'개소리하지 말라고 해.'

노형진은 슬쩍 문안을 다시 바라보았다.

하지만 그의 말대로 정말 사람이 없어 보였다.

"그러니까 꺼져!"

장신여는 언성을 높였다.

"안 들어갑니까?"

"영장이 없어서……."

경찰은 곤란한 듯 말했다.

"하지만 이 건물은 건물주인 호텔 거지 저 사람 게 아닐 텐데요?"

"그건 그런데……."

호텔 매니저는 곤란한 얼굴이 되었다.

하긴, 장신여 같은 사람을 건드리면 뒤끝이 심할 거라는 걸 알 테니까.

'이놈이나 저놈이나.'

그러는 사이 손채림도 소속사 사장도 다 몰려왔다.

그리고 투숙객들 역시 무슨 일인가 하고 나와서 구경을 하기 시작했다.

"아…… 난 몰라! 꺼져!"

버럭버럭 소리를 지르는 장신여.

하지만 그의 말문은 다음 순간 막혔다.

"너, 너……."

"허억!"

엘리베이터에서 다가오는 중년의 여성을 본 장신여의 얼굴이 사색이 되었다.

"너 이 개 같은 새끼가!"

언성을 높이는 여자를 보면서 노형진은 포효하는 암사자가 떠올랐다.

그리고 곧 그녀가 누군지 어렵지 않게 알 수 있었다.

"마누라, 아니 마눌님이군."

마눌님이라고 한다면 이 자리에서 장신여보다 훨씬 높은 사람이다.

"여…… 여보……."

"너 이 개 같은 새끼야! 지금 뭔 짓을 하는 거야!"

"아니, 억울하다니까! 난 그냥 여기서 쉬려고……."

"씨발, 호텔에 남자가 혼자 와서 쉰다고? 오늘 철야라며!"

"……."

아무런 말도 못 하는 장신여.

노형진은 그들이 싸우는 모습을 보다가 문득 뭔가가 떠올랐다.

'그러고 보니 문이 안 열린다고 하지 않았나?'

예상대로 문은 바깥에서 잠기지 않는 문이다.

그렇다면 역시 누군가 바깥에서 버티고 문을 못 열게 했다는 건데.

"혹시 말입니다."

"네?"

"이곳에 처음 왔을 때, 누가 있었나요?"

"아니요."

가장 먼저 온 것은 다름 아닌 호텔의 경비와 직원.

"그러면 빠져나간 사람은요?"

"아무도 없었습니다."

"어떻게 압니까?"

"CCTV로 확인했습니다."

그러면 입구에 있던 사람이 사라졌다는 뜻이다.

혹시 호텔에 다른 방이라도 잡았다면 움직이는 게 찍혔을 것이다. 그런데 없다는 건…….

"잠시만요."

"누구 마음대로 들어가래!"

들어가려고 하는 노형진을 다급하게 막아서는 장신여.

그리고 당장이라도 주먹을 휘두를 것 같은 얼굴로 노려보는 그의 마누라.

물론 그녀가 노려보는 대상은 노형진이 아니라 장신여였다.

"하긴, 들어갈 필요가 없네요."

"뭐?"

노형진의 말에 움찔하는 장신여.

노형진은 그런 그를 무시하고 안쪽을 향해 소리를 질렀다.

"지금까지는 감금죄입니다! 뭐, 이 정도는 집행유예가 나오겠지요! 하지만 우리는 채영아 양을 구하러 왔고, 계속해서 채영아 양을 잡고 풀어 주지 않으면 지금부터는 감금죄가 아니라 인질극입니다. 그 형량이 같을 거라 생각하시는 건 아니죠?"

분명 노형진은 텅 빈 공간에 대고 말하는 것 같았다.

그러나 그다음 그 순간.

끼이익…….

구석에 있던 작은 문이 열렸다. 옷장이었다.

그리고 그 안에서 나오는 채영아와 건장한 남자.

"허억!"

장신여는 그걸 보고 당황했다.

하지만 남자는 어쩔 수 없다는 듯 그냥 두 손을 들었다.

채영아는 당장 달려 나왔다.

"변호사 아저씨!"

"그래, 괜찮아? 별일 없지?"

별일이 없다고 믿고 싶었지만 그렇지 않았다.

옷은 그나마 멀쩡했다. 하지만 다리에는 상처가 가득했고, 얼굴은 주먹에 맞았는지 시퍼렇게 부어 있었다.

"이…… 개자식이!"

손채림은 장신여를 무서운 얼굴로 노려보았다.

안 봐도 뻔하다.

장신여는 아마 손채림의 말에 따라 침대 밑에 숨은 채영아를 끌어내려고 했을 것이다.

당연히 채영아는 발길질을 하며 저항했을 테고, 그래서 저렇게 발에 상처가 가득한 것일 것이다.

그리고 결국 힘에 못 이겨 끌려 나온 다음에는 두들겨 맞았을 테고.

"야, 이 개자식아!"

그 순간 장신여의 얼굴이 휙 돌아갔다.

때린 사람은 다름 아닌 그의 아내.

"내가 두고 보자 두고 보자 하니까 사람이 무슨 병신으로 보여?"

"어어억!"

"오늘 너 죽고 나 죽자! 너 죽고 나 죽어!"

"아이고, 아줌마, 진정하세요!"

"사모님, 진정하세요!"

또 한바탕 시끄럽게 난리가 났다.

하지만 누구도 진짜로 말리고 싶은 생각은 없어 보였다.

진짜로 말리고 싶다면 당장 두 사람을 떼어 놓을 텐데, 누구도 그런 행동을 하지 않았으니까.

그냥 입으로만 열심히 진정하란다.

"어억!"

장신여의 아내는 들고 온 수천만 원짜리 명품 백을 마치 흉기처럼 휘둘러 댔다.

장신여는 몸을 돌돌 말아 웅크린 채 맞고 있을 수밖에 없었다.

"저기, 변호사님."

"네?"

경찰이 갑자기 노형진을 불렀다.

"저거 명품 백, 흉기에 속하지는 않겠지요?"

"네? 아아."

노형진은 그가 왜 물어보는지 알 것 같았다.

만일 저것을 흉기로 본다면 경찰은 당장 그녀를 말려야 한다. 하지만…….

"저거 아무리 봐도 흥기는 아니네요. 저 수천만 원짜리 명품이 걸레짝이 되는 건 가슴 아프지만."

"아, 네."

경찰은 알았다는 듯 고개를 끄덕거리고는 다시 말리는 시늉만 했다.

"아이고, 아줌마, 진정하세요!"

"진정? 지금 이게 진정할 일이야!"

그들의 뻔한 모습을 보던 노형진은 손채림에게 가 있는 채영아를 데리고 뒤로 빠져나왔다.

"일단 채림이 언니랑 병원부터 가."

"흑흑……."

따귀를 맞았는지 뺨은 부어 있었고, 눈에는 멍이 들어 있었다.

'미친년.'

상황이 이런데도 홍수선은 여기에 없었다.

안 봐도 뻔하다. 다급하게 도망갔을 것이다.

"넌?"

채영아를 넘겨받은 손채림은 그녀를 다독거리면서 노형진을 바라보았다.

일단 병원이야 자신이 함께 가야 하겠지만 노형진 역시 가는 게 좋지 않을까 하는 생각에서였다.

"난 여기서 상황이 무마되면 의뢰를 받아야지."

"의뢰?"

노형진의 시선이 어느 곳으로 향했다.

두들겨 맞는 장신여와, 그를 무자비하게 폭행하는 아내.

"아아."

손채림은 즉각적으로 무슨 뜻인지 알아차렸다.

"알았어. 병원에서 전화할게."

아이를 데리고 가는 손채림.

노형진은 그들이 엘리베이터에 타자 싸우고 있는 두 사람에게 다가갔다.

"자, 자, 진정하세요."

다른 사람과 다르게 매달려서 떼어 내는 노형진.

당연히 아내는 눈이 돌아가 있었다.

"너는 뭐야, 이 새끼야!"

"노형진 변호사입니다."

"그래서 뭐!"

노형진은 그녀에게 자신의 명함을 내밀었다.

"이혼 전문입니다, 흐흐흐."

⚖️

"그걸 정말 받아 왔네."

법원에 온 손채림은 노형진을 보며 혀를 내둘렀다.

그 난장판에 그가 이혼소송을 의뢰받아 온 것이다.

"그래야지, 큰 건인데."

장신여의 재산은 상당하다. 당연히 절대 작은 이혼소송이
아니게 된다.

"그런데 왜 군이 우리가 받아야 하는 거야? 그 꼴을 보니
관련되기도 싫던데."

"그건 알지."

노형진은 어깨를 으쓱했다.

"하지만 확실하게 해야 하니까."

"뭘 확실하게 해?"

"그 창피를 당한 장신여가 '아이고, 잘못했습니다.'라고 반
성하면서 사과할까? 아니면 '감히 나를 엿 먹여?'라고 생각
하고 이를 갈까?"

"아……."

당연히 후자다.

그리고 그 경우 안 좋은 것은 다름 아닌 채영아다.

그 보복의 직접적 대상이 될 테니까.

"당연히 보복하려고 할 테지. 그걸 막기 위해서는 그 녀석
의 근본을 아주 박살을 내 놔야 해."

단순히 이혼시키는 게 아니다.

먼지 한 톨 안 남기고 털어 내서, 결코 재기하지 못하게 해
야 한다.

그리고 돈도 없는 거지새끼여서 뭐라고 지껄이든 사람들이 신경도 안 쓰게, 아니 그와 엮이면 자신도 그 꼴이 된다는 것을 느끼게 해 줘야 한다.

그렇게 하지 않으면 그는 분명히 채영아에게 어떤 식으로든 보복을 할 것이다.

"그리고 변호사는 의뢰를 받아서 일하는 사람이지."

의뢰를 받았으니 이제 남은 것은 개 패듯이 패서 털어 내는 것뿐이다.

"그놈도 끝났네."

노형진이 작심하고 죽이려고 덤빈다는 것은 단순히 소송에서 이기겠다는 게 아니다.

투자계의 전설 미다스의 힘도 동원한다는 뜻이다.

당연히 투자계에 몸담은 장신여가 그를 이기는 것은 불가능하다.

"오늘 끝내야 하는 놈이 하나 더 있지."

노형진은 시간표를 바라보았다.

오늘 진짜 영혼까지 털어 버려야 할 놈, 아니 년이 하나 있었다.

⚖

"피고 홍수선 씨는 지난 2년간 아이를 전혀 관리하지 않았습니다."

"그건 피고의 아이 채영아가 연습생으로 소속사에 속해 있기 때문입니다. 그곳에서 활동하고 있는데 부모가 매일 챙겨 줄 수는 없지 않습니까?"

"그래요?"

상대방 변호사는 어떻게든 방어하려고 했다.

하지만 그녀가 아이를 방치했다는 증거가 너무나도 많았다.

"지금까지 홍수선 씨는 2년간 12회 소속사를 찾아왔습니다. 그때마다 채영아의 소속사에서 채영아의 수익을 받아 갔습니다. 하지만 지난 2년간 피고 홍수선이 딸인 채영아를 만난 것은 단 세 번뿐입니다."

"그건 말도 안 되는 주장입니다. 원고 측은 말도 안 되는 주장으로 진실을 호도하고 있습니다. 세상천지에 딸을 2년간 고작 세 번 보는 부모가 어디에 있습니까?"

상대방 변호사는 말도 안 된다는 듯 반박했다.

물론 세 번 본 게 맞다.

하지만 이번 소송은 엄마인 홍수선과 아빠인 채운수의 소송.

그러니 딸인 채영아가 증인으로 나오지 않을 가능성이 높다.

즉, 어떤 주장을 해서라도 사건을 뒤집고 싶었을 것이다.

"그래요? 하지만 기록은 그렇지 않던데요."

"기록?"

"그렇습니다. 증거를 봐 주시기 바랍니다. 이 시간표는 숙소에서 생활하고 있는 연습생들의 출입 기록입니다."

"헉!"

상대방 변호사는 당황했다.

시간표가 오기에 뭔가 했는데 설마 출입 기록일 줄이야.

'기록을 주라고 되어 있지 뭐라고 언급하라는 법은 없거든, 후후후.'

그게 뭔지 몰랐던 상대방 변호사는 방어해야 할 거라는 생각조차 하지 못했던 것이다.

"이 기록에 따르면 채영아의 출입 기록은 한정되어 있습니다. 지난 2년간 홍수선이 찾아온 시점에 채영아의 출입 기록은 전무합니다."

"부모를 만나는데 기록이 있다는 건 말도 안 됩니다."

"그래요? 하지만 다른 기록을 보면 안 그런데요."

"뭐요?"

"다른 기록을 보세요. 명백하게 '부모 방문'이라고 쓰여 있지 않습니까?"

연습생들은 대부분 나이가 어리니 부모가 살아 있다. 당연히 부모들이 자주 찾아오는 편이다.

그리고 소속사에서는 그 모든 기록을 다 등재하도록 되어 있다.

"말도 안 됩니다! 조작입니다!"

"조작이 아닙니다. 더군다나 그 세 번의 만남 중에는 지난

번 만남도 포함되어 있었습니다."

지난번 만남.

홍수선의 변호사의 입에서는 한숨부터 나왔다.

안 그래도 불리한 싸움이었다. 그런데 자신의 의뢰인이 아주 미친 짓을 했다.

'미성년자인 딸을 성 접대에 동원하다니…… 미친년.'

진짜, 계약금 받은 것만 아니면 변론이고 나발이고 다 때려치우고 싶은 상황이다.

이 상황에서 이겨 달라니.

'씨발, 100억짜리 전관을 써도 이건 못 이겨.'

하지만 어쩌겠는가, 돈을 이미 받는데.

"그건 아이의 미래를 위해 그런 것뿐입니다. 회사에서 제대로 케어해 주지 않으니까 어떻게든 자리를 잡아 보려고 하는 성급한 마음에……. 그것도 사랑의 한 형태입니다."

"그래요? 뭐 그딴 사랑이 다 있습니까?"

"그냥 부모로서, 자식이 빨리 성공했으면 하는 마음에 아무래도 큰 실수를……."

그나마 할 수 있는 변론은 그거다.

마음이 급해서, 부모로서 잘못된 선택을 한 거라는.

사실 반쯤은 틀린 말도 아니다.

소송이 걸리자 아이를 빼앗길까 두려웠고, 그 상황에서 자신이 주연 자리라도 하나 잡을 수 있게 해 주면 소송에서 이길 수 있지 않을까 하는 생각을 했던 것이다.

　때마침 장신여가 〈여중전설〉이라는, 학생을 주인공으로 하는 영화 제작에 투자 중이었고.

　'그런데 거기에 중학생을 쓴다는 건 뭔 개념인지.'

　미치지 않고서야, 아무리 그래도 여중생을 배우로 쓰지는 않는다.

　일단 아역은 연기력도 부족한 면이 있고 그 숫자도 많지 않기 때문이다.

　더군다나 진짜 중학생과, 중학생으로 분장한 성인 배우를 함께 쓰면 그 갭이 너무 크게 느껴진다.

　그러니 조연으로 잠깐 나올 수는 있을지 몰라도 주연은 절대 불가능하다.

　'돈 쓰느라 개념도 말아먹은 거지.'

　결국 그 사건 때문에 일은 뒤집을 수 없는 지경이 되었다.

　"변호사, 그거 진심으로 하는 말입니까?"

　판사의 말에 변호사는 자신도 모르게 고개를 푹 숙였다.

거짓된 승리

"결국 이기기는 했네."

홍수선이 이길 수 있는 방법은 전무했다.

그리고 홍수선은 형사처벌을 받아야 한다.

"그냥 감방에 가서 썩게 만들어야 하는데."

"그러고 싶지. 하지만 의뢰는 그게 아니잖아."

"끄응, 어이가 없다."

노형진이 홍수선의 양육권을 박탈한 후에 채영아에게 요구한 것은 다름 아닌 그녀에 대한 '구명 운동'이었다. 그래 봤자 탄원서지만.

"어쩔 수 없어. 부모랑 같이 지내고 싶다잖아."

"어린애들은 어쩔 수 없다, 진짜."

"그나마 다행인 건, 조금이나마 거리를 두게 되었다는 거?"

전에는 부모와 같이 살 수만 있다면 뭐든 다 할 것 같은 모습이었다.

하지만 이제는 전보다 훨씬 거리를 두려 하고 있었다.

물론 그로 인한 상처를 치료하기 위해서는 상당한 시간이 필요할 테지만 말이다.

"그러면 이제 남은 건 채운수뿐인가?"

사실 노형진의 방법은 간단했다.

일단 홍수선의 양육권을 박탈한다. 그리고 채운수의 양육권도 박탈한다.

그러면 법원에서 법정대리인을 정해 줄 수 있게 되어 모든 돈을 법정대리인과 채영아가 관리하게 되니, 그 돈을 원하는 홍수선과 채운수는 채영아에게 굽실거릴 수밖에 없게 된다.

"채운수는 어쩔 거야?"

홍수선이야 아주 화려하게 자폭했다. 이제 채운수의 양육권을 박탈하는 게 문제다.

"차라리 동시에 할 걸 그랬어."

"우리나라 재판부는 상당히 보수적이야. 부모가 어떤 인간이어도, 있긴 해야 한다는 입장이지. 그러니 동시에 넣으면 한쪽을 남기는 선택을 할 거야."

문제는 그러다가 실패하면 상대방도 눈치채고 돈, 아니 돈이 되는 채영아를 지키기 위해 무슨 짓이든 하려고 들 거라는 점이다.

"그러니 한쪽에서 다른 쪽으로 몰아준 후에 남은 쪽을 몰락시키는 게 훨씬 안전하지. 자기가 그 돈을 다 쓸 수 있을 거라고 확신하고 있을 테니까. 그러면 자연스럽게 방심하게 되기 마련이거든."

"복잡하다, 복잡해."

손채림은 이해가 안 간다는 듯 고개를 절레절레 흔들었다.

그런 그녀를 보면서 노형진은 피식 웃었다.

"그러면 채운수는 어떤 식으로 쳐 낼 거야? 사실 그게 문제잖아."

"채운수는 원래 문제가 있었어."

"어떤 문제?"

"도박."

드러나지 않았을 뿐, 채운수는 도박 문제가 심각했다.

사실 이혼소송을 할 때 양육권을 빼앗긴 가장 큰 이유가 바로 그의 도박 성향이었다.

재판부 입장에서는 돈을 버는 아이의 양육권을 도박 중독자에게 줄 수는 없었을 테니까.

"지금은?"

"대체재인 거지. 아까 말했잖아, 우리나라 재판부는 무조건 아이에게 부모는 있어야 한다고 생각한다고."

"그러면 재판부는 채운수가 도박 중독인 걸 알면서 지금 양육권을 줬다는 소리야?"

"맞아. 저쪽도 증거로 도박 기록을 제출했어. 그런데 준 거지."

"끄응…… 답이 없다."

결국 보기 나쁜 최선보다는 보기 좋은 차악을 선택했다는 것.

"그러면 이제 와서 도박한다고 소송을 걸면 박탈될까?"

"안 될걸."

도박만으로 그를 날려 버릴 가능성은 없다.

사실 도박해서 돈을 막대하게 날려 먹었으면 모르지만, 그는 돈이 없다. 그래서 날려 먹은 돈도 많지 않다.

"웃긴 거지."

도박에 중독된 자는 100만 원이 있으면 100만 원을, 1억이 있으면 1억을 날린다.

하지만 재판부는 100만 원이면 도박으로 날린 돈이 적으니 갱생의 여지가 있다고 생각한다.

그리고 딱 지금 채운수가 그런 상황인 것이다.

"그러면 어쩌지?"

"어쩌긴, 판을 깔아 줘야지."

노형진은 웃으며 말했다.

"전에 말하지 않았나?"

"어떤 거?"

"연예인 가족의 직업은?"

이것이 법이다

손채림은 그 말이 기억난다는 듯 고개를 끄덕거렸다.

"연예인 가족이지."

"그래, 후후후."

채운수는 요즘 재미가 좋았다.

돈이 생기자 패가 손에 짝짝 붙는 느낌이었던 것이다.

물론 느낌만 그랬다.

"캬, 아깝다. 조금만 더 붙었으면 더 따는 건데."

오늘도 무려 200만 원을 땄다.

"내일도 패가 좀 붙으려나?"

그가 그렇게 중얼거리자 옆에 있던 남자가 그의 옆구리를
쿡 찔렀다.

"자리를 옮겨 보지 그래요?"

"자리?"

"여기 하우스에서 좀 따셨잖아요?"

"그건 그렇지."

하우스. 도박장을 뜻한다.

한국에서 도박은 불법이다.

당연히 하우스 같은 곳도 불법이다.

한국에서 도박이 인정된 곳은 단 한 곳, 강원랜드뿐이다.

하우스는 끼리끼리 재미 삼아 하는 수준이 아니라 지역 폭력 조직과 연관된 범죄 조직이 관리하는 곳이니, 그런 곳에서 돈을 따는 경우는 드물다.

대부분 타짜를 두고 관리하니까.

손은 눈보다 빠르다는 건 영화에만 나오는 말이 아니다.

물론 도박 중독자들은 그걸 모르지만.

그런데 어쩐 일인지, 요즘 채운수는 무려 1,200만 원을 따는 데 성공했다.

물론 날려 먹은 돈이 그것보다 훨씬 많은 만큼 본전은 멀었지만 말이다.

"요즘 짝짝 붙는 거 보니 아무래도 운발이 선 것 같은데, 좀 큰 데로 가서 놀아 봐요."

"좀 큰 데?"

"다른 하우스가 있거든요."

"다른 하우스?"

"네. 거기 끝내줘요."

친하게 지내는 도박꾼의 말에 그는 고개를 갸웃했다.

"거기는 뭐가 달라?"

"다르죠."

"뭐가?"

"일단 단위가 달라요."

"단위가 다르다고?"

"요즘 손 좀 풀리는데 깔짝깔짝 100, 200 단위로 노실 거예요?"

"그건 아니지."

밑천이 부족한 것도 아니다.

무려 1,200만 원을 땄다. 이 정도면 큰판에도 낄 수 있다.

"어딘데?"

"내일 같이 가죠."

"너도 거기 가?"

"제가 무슨 돈이 있어요. 그냥 손님들 모시고 가서 개평 조금 받아서 여기서 노는 거지."

"으음……."

조금 미심쩍었다.

하지만 그 더 큰 돈이라는 말에 그는 군침이 돌았다.

단위가 다르다는 것은, 최소한 천 단위는 된다는 것이다.

"내일 챙겨서 오세요."

"그래."

채운수는 그렇게 말하면서 집으로 향했다.

왠지 요즘은 뭘 해도 다 잘될 것만 같았다.

⚖

"이게…… 하우스라고?"

으리으리한 집. 시외에서 좀 떨어진 별장.

거기에 소위 '하우스'가 있었다.

그런데 그곳은 그가 아는 하우스와 좀 달랐다.

"네."

"진짜야?"

"네."

"허미…… 세상 살다 보니 별걸 다 보네. 역시 돈이 좋기는 좋나 보네."

그가 아는 하우스는 허름한 빌라나 주택에 방마다 모여서 섯다나 화투, 포커 같은 것을 하는 곳이었다.

물론 종목은 비슷할 것이다.

하지만 정원이 딸린 집에, 3층짜리 독채라니.

"끝내주네."

동료 도박꾼의 차를 타고 들어선 주차장에는 수십 대의 외제 차들이 쭈욱 서 있었다.

"뭐야?"

"아따, 형님! 제가 손님 모시고 왔습니다."

"손님?"

기도로 보이는 남자는 옆에 서 있는 채운수를 보고 코웃음을 쳤다.

"뭐야? 또냐?"

"아, 왜 그러세요."

"네놈이 말하는 '모시고 온 손님'이야 뻔하지."

잔뜩 깔보는 기색을 숨기지 않는 기도.

채운수는 빡쳐서 가방을 열었다.

"이거 안 보여?"

그러나 고개를 숙여서 가방을 들여다본 기도는 다시 한번 코웃음을 쳤다.

"거봐, 뻔하다니까."

"뭐?"

"아따, 형님! 그래도 증명은 했잖아요."

"끄응…… 그건 그렇지. 1층. 알지?"

"네, 형님."

안으로 들어가는 남자.

그리고 엉거주춤 따라 들어가는 채운수.

"1층? 그게 뭐야?"

"1층요? 말 그대로 게임을 1층에서 하라는 거예요."

"위는 비었냐?"

"아뇨. 레베루가 달라요, 레베루가."

"레베루?"

"1층은 기본금 1천만 원 가진 사람, 2층은 기본금 5천만 이상, 3층은 1억 이상."

"헐퀴."

혀를 내두르는 채운수.

큰판이 있다고 듣기는 했지만 설마 그 정도일 줄이야.

"근데 여기 진짜 엑기스는 지하예요, 지하."

"지하?"

"그래요. 여기 지하로 가려면 3층에 올라갔다가 다시 내려
가야 한대요."

"아니, 왜?"

"짭새 뜨면 1층부터 3층까지는 던져 주는 거죠."

"허? 어째서?"

"지하는 무제한이라대요. 입장 금액도 10억 이상."

"미친."

"말로는 아래는 비밀 통로도 있다는데."

입을 쩍 벌렸다.

입장 금액 10억 이상. 거기에다 베팅 무제한.

'하긴, 그런 곳이면 비밀 통로 하나쯤 있을 만하지.'

1층과 2층은 아마 경찰이 오면 1차적으로 단속 대상이 될
것이다.

그리고 거기가 털리는 사이 3층부터는 입구를 폐쇄하고
비밀 통로로 내빼는 것이다.

잔챙이들을 던져 주고 몸통은 튀는 것.

'끝내주네.'

그는 소개를 받으면서 안으로 들어갔다.

"그래, 뭐부터 해 볼라요?"

"뭐긴, 당연히 섯다부터지."

"개평 기대 좀 해 보것슈."

"기다려 봐. 내 두둑하게 따 줄게."

⚖

"잘 딴다."

채운수는 신나게 돈을 따고 있었다.

무려 2,300만 원을 땄다.

그의 얼굴에는 환한 미소가 걸려 있었다.

주변 사람들이 똥 씹은 표정인 것과는 정반대였다.

"의심을 안 하네?"

"의심하는 사람이라면 도박장에 오겠냐?"

"하긴, 그렇기는 하네."

애초에 대부분의 도박장은 소위 말하는 '타짜'를 두고 있다.

그들은 손님이 절대로 돈을 따지 못하게 조작하는 역할을
한다.

"하지만 타짜들이 돈이 따게 해 줄 수도 있다는 걸, 저들
은 몰라."

"도박에 빠져서 저런다니, 쯧쯧."

대부분의 사람들이 아는 것이지만, 정작 그러한 하우스에
다니는 도박 중독자들은 모른다.

아니, 모른 척하거나 아예 인정하지 않는다.

"그래도 그렇지, 벌써 2,300이나 땄는데 어떻게 의심을 안 하나?"

"뭐, 자기 운발이 좋다고 생각하나 보지. 원래 하우스에 가면 처음에는 좀 잃어 주잖아."

"그건 그렇지."

사람들은 그걸 자신이 운이 트였다고, 때가 왔다고 생각한다. 그러다가 자신도 모르게 도박에 빠지는 것이다.

"우리 작전은 비슷한 거지. 다만 단위가 다를 뿐, 후후후."

노형진은 피식 웃었다.

이겼다는 사실에 미소를 지으면서 돈을 긁어모으는 채운수. 그가 딴 돈은 이제 3천을 넘어가고 있었다.

"저 돈 다 따고 그냥 가면 어쩌지?"

손채림은 그걸 보고 한숨을 내쉬었다.

"그러면 좋지. 그 돈으로 도박하지 않고 살면 의뢰인의 꿈은 이루어지는 거니까. 어차피 의뢰인 돈이잖아? 미래에 받을 돈이지만."

어깨를 으쓱하는 노형진.

하지만 안다.

도박꾼은 절대 그러지 못한다. 따기 시작하면 절대로 멈추지 못하는 게 그들이다.

"그리고 점점 더 깊은 수렁에 빠지는 거지."

그리고 그 수렁의 아래는 자신이 기다리고 있을 것이다.

⚖️

"허미……."
채운수는 손이 바들바들 떨렸다.
피박에 광박에 쓰리고까지, 말 그대로 판을 싹쓸이했다.
"으음……."
판을 다 쓸고 나니 그의 손에 들어온 것은 21억.
"이런 미친……."
딜러는 질린 표정이었다.
처음에는 1층이었다.
그런데 그다음 날 2층, 그리고 그다음 날은 3층…….
그리고 가는 층마다 말 그대로 싹 쓸어버렸다.
"혀…… 형님……."
같이 왔던 남자는 눈이 돌아갔다.
21억. 엄청난 돈이다.
"이거 작업 친 거 아냐?"
"씨발, 이거 작업이야!"
돈을 잃은 남자들은 발악했지만, 증명할 수는 없다.
도박계의 명언.
걸리지 않으면 장난도 없다.

"이게 꿈이냐, 생시냐."

눈앞에 가득한 칩들.

21억. 말도 안 되는 소리다.

"이게……."

"혀…… 형님……. 나 개평…… 개평……."

"아, 씨발! 지금 개평이 문제야?"

손이 덜덜 떨리는 채운수.

그런 그에게 누군가 다가왔다.

"잘하시네요."

"누구……."

"이곳 대표입니다."

"헉!"

두 사람은 깜짝 놀랐다.

대표, 그러니까 이 하우스를 운영하는 사람이라는 뜻이다.

"이곳에 온 지 고작 닷새 만에 여기까지 오시다니, 하늘이
도우시나 봅니다."

"하하하하."

채운수는 머쓱하게 웃었다.

혹시나 자신이 장난친 거라며 오함마로 손이라도 날려 버
리는 건 아닐까 하고 겁이 나던 차였다.

하지만 다행히도 그런 일은 벌어지지 않았다.

그때 상대방이 넌지시 그를 찔렀다.

"자본금은 충분하신 것 같은데, 내려가 보시지 않겠습니까?"

"내려가요?"

"네."

"아니, 왜?"

아래는 금액이 더 낮다. 당연히 내려가 봐야 지금처럼 재미도 없다.

그때 여기 처음 온 날 들은 이야기가 그의 머릿속에 울렸다.

지하실, 10억 이상, 그리고 무제한 베팅.

"아니면 여기까지 하시겠습니까?"

"새…… 생각 좀…….."

"그러면 지금 이거 다 현금으로 드릴까요?"

"네? 다 준다고요?"

"네."

"진짜요?"

"아니면 맡겨 두시겠습니까?"

채운수는 멍하니 칩을 바라보았다.

돈이다.

어마어마한 돈. 평생을 만져 보지 못한 돈.

그 돈이 눈앞에 있었다.

"1억…… 아니, 3억만……."

"그러지요."

그가 손짓을 하자 누군가 칩을 회수했다.

그리고 채운수의 눈앞에, 5만 원권이 3억어치 가득 든 가방이 놓였다.

"다시 오시기를 기다리고 있겠습니다."

인사를 받으며 나가는 채운수.

그는 이미 혼이 나가 있었다.

⚖️

"으으으……."

채운수는 잘 수가 없었다.

그 손맛들. 짜릿한 승리의 순간을 잊을 수가 없었다.

자신의 옆에 놓인 가방. 그 안에 든 3억.

그리고 현장에 맡겨 둔 18억.

"으으으…… 다 찾아올 걸 그랬나?"

혹시나 들고 도망가면 어쩌나, 혹시나 모른 척하면 어쩌나 하는 고민이 그를 쥐고 흔들었다.

그리고 사장의 목소리도.

"무제한 베팅……."

세상이 어찔해질 지경이다.

지금 손을 털면 이걸로 큰 가게를 낼 수 있다. 그리고 그걸 가지고 자신은 떵떵거리며 살 수 있다.

지방에 가면 빌딩이라도 살 수 있는 돈이다. 빌딩이라

도……

"씨발…… 그럴 수는 없지."

그는 눈에 불을 켰다.

미쳤다고 지방에 빌딩을 사겠는가? 그냥 서울에다, 그것
도 강남에 사지.

그리고 자신은 그게 가능했다.

물론 지금은 안 된다. 하지만 무제한 베팅. 그거라면…….

⚖

"결국 오는군."

가방을 그대로 들고 온 채운수.

평소에 같이 오던 남자는 보이지 않았다.

이미 알고 있는 곳에 와서 그에게 개평을 주고 싶지 않은
것이다.

개평은 1% 정도다. 금액이 크면 개평도 크다.

당연히 그게 아까운 것이다.

"예상에서 한 치도 못 벗어나네."

"그러니까 도박 하우스들이 넘쳐 나지."

한 번 걸린 도박 중독은 고치는 게 힘들다.

특히나 채운수처럼 고칠 생각 자체가 없으면 더더욱 그렇다.

아예 고치는 게 불가능하다고 봐야 한다.

"그나저나 오늘은 얼마나 게임을 해야 하나."

"자, 그러면 이제 모래 함정을 써 볼까, 후후후."

"이쪽입니다."

안내를 하면서 직원은 문 하나를 가리켰다.

"비상시 이쪽으로 나가시면 됩니다."

채운수는 고개를 끄덕거렸다. 그리고 주변을 둘러봤다.

테이블마다 가득 쌓여 있는 칩.

"1억."

"받고 2억 더."

"흠……."

"쫄려? 쫄리면 뒈지시든가."

억 단위로 도박하는 사람들이 가득한 공간.

그들의 눈은 붉게 충혈되어 있었다.

"허."

어떤 판을 본 채운수는 눈이 돌아갔다.

지난 며칠간 뻔질나게 다녀서 칩의 가치를 알고 있다. 그리고 자신이 본 대로라면 저기서 벌어지는 판은 족히 200억대 판이다.

"씨발……."

말 그대로 목숨 걸고 하는 거다.

"으으으……."

"어디 원하는 판이라도?"

"판이라고 하면……."

그의 시선은 자연스럽게 고스톱으로 향했다.

자신의 주 종목. 그곳에 몰려 있는 수많은 돈.

"저기."

"알겠습니다."

자리는 금방 만들어졌다.

그리고 그가 그곳에 앉자 이번에도 승리의 여신은 그의 편을 들어 줬다.

"미친……."

21억이 180억이 되는 기적. 그 기적이 눈앞에서 벌어졌다.

"현금으로 드릴까요?"

"현금으로?"

"네……. 아, 죄송합니다만 20억 이상은 현금으로 못 드립니다. 저희도 그렇게 현금을 많이 가지고 있는 게 아니라서요."

채운수는 고개를 흔들었다.

눈앞에서 강남의 수천억짜리 빌딩이 아른거렸다.

"아닙니다. 내일 다시 오겠습니다."

"알겠습니다."

"혹시나……."

"하하…….."

사장은 마치 안다는 듯 웃었다.

그리고 옆에서 다 털려서 속이 쓰린 듯 담배를 피우던 남자가 피식, 비웃었다.

"생초짜의 행운이군."

"생초짜의 행운?"

"내가 여기만 4년을 다녔소. 설마 이 정도 판을 보호도 안 받고 벌이고 있을까."

"아."

그러면 안전한 거다.

4년이나 되었다니.

"끄응…… 그나저나 오늘 다 털렸으니 건물 하나 사려면 두어 달은 더 걸리겠군."

"금방 모으실 겁니다."

"알지. 그래도 지랄 같은 건 지랄 같은 거지."

담배 연기를 뿜으며 사라지는 남자를 보면서 채운수는 주먹을 꽉 쥐었다.

드디어 자신의 때가 왔다.

그는 그렇게 믿었다.

그는 문 바깥으로 나왔다. 그리고 하늘 높이 두 손을 번쩍 들었다.

"난! 부자야! 부자!"

이것이 삶이다

신이 나서 미친 듯이 춤추는 그를 보면서 노형진은 피식 웃었다.

"그건 네 생각이고, 후후후."

⚖️

다음 날, 그는 당당하게 그곳에 왔다.

혹시나 하루 만에 다 털고 튄 거 아닌가 하는 생각에 떨면서 새벽같이 왔지만, 기도는 평소처럼 문을 열어 줬다.

"어서 오십시오, 사장님."

처음과 다르게 자신은 큰손이다.

그렇게 인사를 받으며, 채운수는 거들먹거리면서 지하로 내려갔다.

그리고 수많은 사람들 사이를 헤치고 지나가서 자리를 잡았다.

"그러면 다시 한번 붙어 볼까요?"

어제 담배를 피우던 그 사람도 있었다.

그의 눈앞에는 이미 30억 원짜리 칩이 놓여 있었다.

어제 털리더니, 작심하고 온 모양이었다.

"그럴까요?"

채운수는 그 칩이 자신의 것이 될 거라 믿어 의심치 않았다.

지난 며칠간 그는 자잘한 것은 몇 번 졌지만 큰판에서는 대부분 승리했다.

'역시 그년이 복덩어리였어, 흐흐흐.'

딸의 양육권을 가지고 오자마자 이렇게 미친 듯이 터져 줄줄 누가 알았겠는가?

아마 알았다면 어떻게 해서든 양육권을 가지고 왔을 것이다.

"패 돌리겠습니다."

천천히 시작된 게임.

그리고 그 게임의 마지막을, 사람들은 차갑게 지켜보고 있었다.

⚖

"이건…… 꿈이야……."

꿈이라고 생각했다.

아니, 꿈일 수밖에 없었다.

이건 말도 안 된다.

"수고하셨습니다."

눈앞에 있는 칩이 싹 쓸려 갔다.

210억. 자신이 땄던 모든 칩들.

그게 한순간 400억까지 불어나는 듯했다. 그래서 신나서 패를 돌리다 보니……

"다 털렸다고?"

한 푼도 안 남았다.

심지어 처음에 가지고 온 2,100만 원조차도.

"말도 안 돼. 이건 개소리야⋯⋯. 이건 말도 안 돼!"

그는 소리를 질렀다.

"돈이 없으면 나가 주십시오."

직원의 정중한 말. 하지만 명백한 축객령.

"어이, 사장. 자네 말이 맞아. 이거, 건물을 생각보다 빨리 사겠어, 허허허."

웃는 남자의 말에 채운수는 배알이 뒤틀렸다.

그건 자신이 사야 하는 건물이었다. 그런데⋯⋯.

"이건 사기야!"

"사기가 아닙니다."

"사기야!"

"지난 며칠간 신나게 따셨으면서 오늘 하루 잃었다고 사기 라는 소리가 나옵니까?"

"그⋯⋯ 그런⋯⋯."

맞는 말이다.

지난 며칠간 무려 210억을 땄다. 오늘 오전만 해도 400억 까지 늘어났다.

그런데 사기일 수는 없는 것이다.

"나가세요."

"자⋯⋯ 잠깐만!"

그는 다급하게 다가오는 직원을 밀어냈다.

하지만 방법이 없었다.

땡전 한 푼 없다. 1층은커녕, 입장도 안 된다.

'염병!'

나가면 끝이다.

다른 곳에서 따서 온다? 어느 세월에?

꼴랑 100만 원, 200만 원짜리로?

그나마 딴다는 보장도 없는데?

"잠깐만! 잠깐만! 돈 마련해 올게!"

"푼돈은 안 받아요."

가지고 와 봐야 1층부터 다시 시작해야 한다.

이 무제한 게임에 끼기에는, 그가 구할 수 있는 돈은 턱없이 작았다.

"어이, 사장! 여기 10억만 빌려줘!"

그 순간, 누군가 손을 번쩍 들었다.

그리고 직원이 뭔가를 가지고 와서 사인을 받더니 즉석에서 1억짜리 칩 열 개를 건넸다.

"저건 뭐야!"

"자체 대출입니다."

"나도! 나도 빌려줘!"

직원이 코웃음을 쳤다.

"야, 이 아저씨야. 아저씨랑 여기 손님들이랑 같아? 여기에 있는 분들은 최소 수백억대 자산가야. 저거 빌려 가도 갚는 건 일도 아닌 분들이라고. 그런데 당신은? 운이 좋아서 여기까지 온 것뿐이잖아? 여기서는 자잘하게는 안 빌려줘."

"그…… 그럼……."

"최하 10억부터야. 푼돈 빌리고 싶으면 1층 가. 거기로 가면 좀 빌려줄 테니까 그걸로 개평이나 벌라고."

내쫓다시피 내모는 직원.

그다음 순간 채운수는 자신도 모르게 말이 튀어나왔다.

"나 돈 나올 구멍 있어!"

"무슨 구멍? 나가서 항문이라도 벌리려고? 여기 남색 취미 가진 사람 없다. 설사 있어도 너 같은 노친네한테 관심 참 주겠다."

"아…… 아니야! 내 딸! 내 딸, 연예인이야!"

"연예인?"

"그래! 채영아! 알지? 채영아!"

"으음……."

잠깐 침묵이 흘렀다.

결국 남자는 사장에게 향했다. 그리고 사장은 웃으면서 그에게 다가왔다.

"따님이 채영아 양이라고요?"

"그…… 그래."

"그러면……."

그는 잠깐 고민하다가 미소를 지었다.

"일단 10억 정도는 대출해 드리겠습니다."

"그래! 그래야지!"

"하지만 채권자로서, 아무래도 각서는 받아야겠지요?"

"까짓거 얼마든지 사인해 줄게!"

"감사합니다. 바로 서류를 준비해 오지요."

사장은 빙그레 미소를 지었고, 노형진 역시 자신이 원하는 장면에 미소를 지었다.

다만 손채림만 얼굴에 실망이 가득했다.

"개자식."

"예상한 일이잖아? 이런 식으로 되도록 일을 꾸민 거고."

"그건 그런데…… 하아, 씨발. 생각하기 싫어진다."

"어쩔 수 없어. 나중에 주변에서 통칠하는 것보다는 지금 이러는 게 훨씬 나아."

"그건 아는데……"

그래도 기분이 찜찜할 수밖에 없었다.

"자, 그러면 필요한 건 다 얻었고, 남은 건 이제 제대로 털어 주는 것뿐이네, 후후후."

⚖️

결과적으로 채운수는 그것마저도 날렸다.

사실 날릴 수밖에 없었다.

상대방은 타짜이고, 지금까지와 다르게 확실하게 날려 버릴 생각으로 덤볐으니까.

그리고 그 채권을 가지고 채권자들은 채영아에게 청구 소송을 걸었다.

그것도 10억이 아니었다. 계속 빌리고 빌려서, 무려 100억이었다.

"100억이라니, 미친놈."

손채림은 채운수의 병신 같은 머리에 질려 버렸다.

아무리 생각이 없기로서니 무려 100억을 빌리다니.

"원래 도박에 빠지면 부모고 자식이고 다 팔아먹는다잖아."

"그런데 그 돈도 없는데 어떻게 주려고 한 거야?"

"애초에 줄 생각이 없었는데?"

"뭐?"

"거기에 돈이 왔다 갔다 했나? 나는 그냥 칩만 보이던데."

"어……."

손채림은 어이가 없었다.

그러고 보니 돈이라고는 잠깐 채운수가 가지고 갔던 게 다였다.

나머지 1억이니 10억이니 하는 모든 숫자는 칩뿐이었다.

"실물 돈이 없고 칩만 왔다 갔다 하면 결국 그게 브루마블이지, 뭐. 브루마블은 그나마 건물이라도 주고받지."

"허어?"

어이가 없어서 혀를 끌끌 차는 손채림.

그러고 보니 그랬다.

모든 게 칩이었지, 현금은 거의 안 돌아다녔다.

"제대로 당한 거네."

"제대로 당한 거지."

저 100억의 빚도 그렇다.

100억이라는 가상의 숫자일 뿐, 진짜 그만큼 돈을 빌려주거나 피해를 준 게 아니다.

"애초에 거기에 있는 사람들이 다 우리 사람들이었는데, 뭐."

자신들이 손해 본 것은 그저 별장 대여비와 세트를 빌리는 비용뿐이었다.

그나마도 영화 촬영용 세트를 싸게 빌렸다. 제일 많이 나간 건 인건비 정도.

"있지도 않은 100억에 영혼이 털린 거네."

"그런 거지."

그리고 그게 그의 가장 큰 실수일 것이다.

⚖️

"미안하다…… 미안하다……."

무려 100억.

평생을 가져다 바쳐도 벌 수 있을지 없을지 모를 엄청난 돈.

그걸 자신에게 빚지도록 만든 아버지.

그 사실을 알고 사장은 미쳐 날뛰었다.

"이 미친 새끼야! 무슨 짓을 한 거야!"

"미안하다…… 내가 미쳤었다, 흑흑."

"이게 미안하다는 말로 해결될 문제야!"

이건 도무지 답이 없다.

그리고 끝도 안 보인다.

"이런 미친 새끼가!"

사장은 당장 채운수를 패 죽이기라도 할 듯한 모습이었다.

"그…… 그만둬요."

"영아야!"

"그래도 제 아빠예요."

"씨발, 이런 새끼가 무슨 아빠야!"

"그래도 아빠라고요!"

"아오, 씨발!"

일어나서 의자를 발로 차는 사장.

그리고 채영아는 자리에서 일어나서 그런 채운수 옆에 앉았다.

"아빠…… 우리 같이 노력해요. 그러면…… 갚을 수 있을 거예요. 성공한 가수가 되면…… 1년에 100억도 번다잖아요. 그러니까…… 나 노력할게요…… 노력할 테니까…… 아빠도 같이 노력해요…….."

"흑흑흑……."

"엄마도 내가 용서할게요. 잠깐 같이 실수한 것뿐이잖아요. 그러니까…… 그러니까…… 우리 용기를 내요, 전처럼……. 우리끼리라면 뭐든 할 수 있을 거예요."

"미안하다……. 으허허허, 미안하다!"

딸의 품에서 오열하는 채운수를 보던 사장은 몸을 팍 돌렸다.

"에이, 씨발!"

그는 문을 박차고 나왔고, 그길로 사장실로 올라왔다.

그곳에서는 이미 노형진과 손채림이 기다리고 있었다.

"어때요?"

"어떻고 자시고…… 그냥…… 연기는 못 해 먹겠네요."

"아니, 지난 며칠간 연습하셨잖아요?"

"아, 음…… 전 연기에는 재능이 없나 봅니다."

사장은 아까와 다르게 빙긋 웃었다.

"아래쪽은 어때요?"

"영아가 변호사님 말대로 살살 구슬리고 있습니다. 일생 일대의 연기를 하라고 하더니, 지금처럼 하면 여우주연상이라도 받겠어요."

"후후."

노형진은 피식 웃었다.

아마 그녀는 진짜 모든 걸 걸고 연기하고 있을 것이다.

"어쩔 수 없죠. 진짜 영혼까지 갈아 버리고 싶은데 그래도 꼴에 부모라고 자식이 손잡고 싶어 하니."

철저하게 몰락한 두 사람이다.

그들이 살아남을 수 있는 방법은 무슨 수를 쓰든 딸을 잡는 것뿐이다.

그러니 그들은 앞으로 채영아에게 질질 끌려다닐 수밖에 없을 것이다.

채영아 역시 그걸 알고 있다.

조금은 독하지만, 그것 말고는 그들을 다시 묶을 수 있는 방법이 없었다.

"그런데 말입니다, 이거 어떻게 합니까?"

사장은 한숨을 푹 쉬면서 신문을 던졌다.

"아주 1면마다 난리입니다, 난리."

채영아의 아버지 채운수가 채영아의 명의로 100억대 도박 빚을 졌다는 뉴스였다.

"졸지에 애가, 에효……. 도대체 어디서 새어 나간 건지."

인생이 저당 잡혀 버린 채영아가 불쌍한지, 사장은 한숨을 푹 쉬었다.

"아, 그거요?"

그런데 옆에 있던 손채림은 킥킥거리며 웃었다.

"아니, 왜 웃으세요?"

"그건 그냥 아이를 위한 팬 서비스예요."

"팬 서비스?"

"네, 아이가 너무 열심이잖아요. 노력도 많이 하고 재능도 있고. 그래서 미래에 성공하라고 살짝 푸시 해 준 거죠."

"푸시요? 100억대 도박 빚이?"

사장은 이해가 가지 않는다는 얼굴이 되었다.

"그건 없는 빚입니다."

"네?"

노형진은 살짝 미소 지었다.

아무래도 설명해 주지 않으면 사장이 걱정하느라 한 10년은 늙을 것 같아 보였기 때문이다.

"애초에 도박 빚은 받을 수 없는 빚입니다. 물론 모르고 빌려준 거라면 받을 수 있지만, 법적으로 도박에 쓰일 걸 알면서도 빌려준 것은 받을 수 없는 돈이지요."

"잠깐…… 그럼……."

"네. 채운수는 현장에서 돈을 빌렸죠. 외부가 아니라 내부에서 말입니다. 그리고 빌려준 사람은 그게 도박에 쓰일 걸 알고 있었고요."

"그러면……."

"애초에 이건 소송해도 못 받습니다."

노형진은 어깨를 으쓱했다.

진짜로 받아 내려고 계획을 짰다면 이런 고생을 할 필요도 없었다.

이것이 법이다

"어…… 그러면? 어째서? 그리고 보니 어디서 새어 나간 건지……."

미심쩍은 얼굴이 되는 사장.

손채림은 그런 사장에게 자신들이 뭘 도와줬는지를 자세하게 설명해 줬다.

"언론은 원래 이런 걸 이슈만 만들어 놓고 책임은 안 지잖아요. 어차피 그 100억, 소송해도 못 받아요. 인정되지도 않는 빚이니까. 하지만 그 뉴스는 영영 나가지 않겠지요. 설혹 나간다 해도, 아주 작게 나갈 테고요."

"그건 그렇지요."

"그러면 국민들의 눈에 채영아가 어떤 모습으로 보이겠어요? 자신을 배신했던 엄마와 자신을 팔아먹고 100억대 빚을 안겨 준 아빠를 용서하고, 어떻게든 그걸 해결하려고 열심히 노력하는 소녀 가장. 그런 모습 아니겠어요?"

"오!"

"그리고 그러한 이미지가 절대 나쁜 건 아닐 것 같은데요?"

"맞습니다. 그런 이미지는 아무래도 국민들에게 동정표를 받게 되지요."

마음의 빚은 둘째 치고, 가장 큰 문제가 되는 100억의 빚은 실제로는 없는 것이다.

그러니까 그런 이미지만 얻을 뿐이지 그 때문에 고통받을 이유는 없다.

"유소미 양이 부탁하더군요. 진짜 재능이 있는 아이니까 제발 잘 부탁한다고."

"아이고, 감사합니다! 하하하!"

안 그래도 사장은 지금 상황에서 이 문제를 어떻게 해결해야 하나 고민 중이었다.

하지만 노형진이 미리 언론에 슬쩍 흘린 덕분에 채영아는 철저한 피해자가 되었다.

그리고 그런 부모까지 용서하고 같이 살아가려고 노력하는 사람으로 보이게 된 것이다.

"물론 다 끝난 건 아닙니다. 가장 중요한 것은 채운수의 양육권을 박탈하는 거니까요."

"그렇지요."

"사실 언론에 뿌린 건 영아를 푸시 해 주려고 한 것도 있지만, 재판부를 압박하려고 하는 것도 있습니다."

"재판부? 아하! 친권 박탈 소송요?"

"네."

채영아는 친권 박탈 소송을 하지 않을 것이다.

어떤 식으로든 부모를 붙잡고 싶은 아이가 아닌가?

"하지만 검사나 지방자치단체의 장들은 그런 식으로 보지 않을걸요."

이 정도의 이슈가 되었다.

100만 원의 도박 빚이라면 용서할 수도 있겠지만 100억대 도박 빚이다. 그걸 그냥 넘어갈 사람은 없다.

"아마 조만간 지방자치단체장이 양육권 박탈 소송을 할 겁니다. 법적으로 지방자치단체장과 검사는 그 이유가 있는 경우 박탈 소송을 청구할 수 있거든요."

"오오오!"

그리고 이 100억짜리 빚이 언론에 나간 이상 어렵지 않게 친권 박탈 소송에서 승리할 것이다.

"그러면 우리는 목적하던 걸 얻게 되지요."

채영아의 엄마의 친권은 이미 박탈된 후다.

"그러면 법원에서 법정대리인을 선임할 겁니다."

전문 법정대리인은 아이가 벌어 오는 돈을 체계적으로 관리하게 될 것이다. 또한 아예 아이의 의견을 무시하지도 않을 테고, 그 돈에 손대지도 않을 것이다.

"그러면 다행이지요."

그러면 아이는 오로지 자신의 재능을 꽃피우는 데 집중할 수 있을 것이다.

더 이상 고통받을 일도, 더 이상 덧없이 부모의 사랑을 갈구할 일도 없다.

'비록 가짜 사랑이겠지만.'

아이에게는 그 가짜 사랑마저도 필요하다.

'계획대로 되기는 했는데……'

노형진은 이 승리마저도 가짜 같아 왠지 입안이 텁텁해졌다.

초거대 미꾸라지 한 마리

"오랜만에 뵙습니다."

"그래, 오랜만이네."

유민택은 노형진의 손을 잡으면서 고개를 끄덕거렸다.

그걸 보면서 노형진은 왠지 씁쓸한 기분이 들었다.

"큰일인가 보군요."

"티가 나나?"

"어지간한 일로는 저를 부르시지 않잖습니까?"

"그건 그렇지."

대룡과 전쟁하던 성화가 사라진 후로 유민택은 노형진과 자주 만나지 않았다.

사이가 틀어진 것은 아니다.

하지만 일이 아닌 다른 이유로 만나기에는, 두 사람 다 너무나도 바빴다.

"도대체 무슨 일이신지요? 다급하게 차량까지 보내 주신 걸 보니 이만저만 큰일이 아닌 것 같은데."

보통은 노형진에게 와 달라고 연락해서 노형진이 찾아오는 식이다.

그런데 오늘은 아예 차까지 보낸 것을 보니 상당히 다급한 일이 터진 듯했다.

"노조와의 문제일세."

"노조요?"

"그래."

노동자들의 권리를 지키고 그들을 대신해서 사 측과 싸우거나 협상하는 존재.

그들을 노조라고 한다.

노형진은 고개를 갸웃했다.

"지금까지는 별문제가 없지 않았습니까?"

"지금까지는 그랬지."

유민택은 머리를 절레절레 흔들었다.

그리고 노형진의 앞에 차를 내놓았다.

지난 며칠간 얼마나 머리를 쓴 건지, 상당히 힘들어 보였다.

"하지만 우리는 성화를 흡수하지 않았나."

"으음……."

노형진은 자신도 모르게 신음을 흘렸다.

확실히 그렇다. 성화는 사라졌다.

그리고 그들이 가지고 있던 수많은 공장들과 기업들, 사람들은 한국의 다른 기업들이 달려들어서 물어뜯었다.

당연히 각자 나눠 가졌고, 그들에게 가장 큰 타격을 입혔던 대룡 역시 상당한 기업들을 가지고 왔다.

"어디가 문제입니까?"

"성화전자, 아니 이제는 대룡전자군. 그곳일세."

"대룡전자요?"

"그래."

성화전자는 한국에서도 순위권에 들 정도의 기업이었다.

성화의 주력 중 하나로, 그곳에서 나온 수익이 성화의 부실한 다른 기업들을 지탱하는 돈줄이었다.

"그곳이 왜요? 딱히 문제가 있을 이유가 없을 듯한데."

노형진은 고개를 갸웃했다.

"말했듯이 그곳의 노조가 문제일세."

"그곳의 노조라고 하면……."

"자네가 가능하면 고용 승계를 하라고 하지 않았나?"

"그랬지요."

주인이 바뀌었다고 성화전자의 직원 전부를 바꾸는 건 이만저만 큰일이 아니다.

직원들의 숫자도 적지 않을뿐더러, 그들이 해직되면 관련된 수많은 사람들의 생계가 불투명해지기 때문이다.

거기에다 공장 주변으로 이사한 사람들이 많아서, 만일 그들을 자르고 새로운 사람들을 뽑으면 주변 방세나 물가가 말그대로 폭등할 가능성이 높았다.

"그게 왜요?"

"그들과 연봉 협상 중이네."

"그거야 제가 어떻게 할 수 있는 일이 아닌 것 같은데요."

그건 법적인 문제가 아니다. 회사와 노조가 해결할 문제이지.

"터무니없는 조건을 달고 있나요?"

"하, 아예 개소리를 하고 있지."

갑자기 짜증스러운 한탄을 내뱉는 유민택.

그가 이런 모습을 보이는 경우는 드물기 때문에 노형진은 고개를 갸웃했다.

"뭐가 문제인데요? 설마 연봉을 100%씩 올려 달랍니까?"

"100%는 아니고, 30%씩 올려 달라더군."

노형진은 눈을 찌푸렸다.

그도 대룡전자에 대해 잘 알고 있다. 아무래도 주식을 투자하려면 기업에 대해 잘 알아야 하니까.

"거기 연봉이 결코 적은 게 아닐 텐데요."

평균 연봉 1억, 실수령액 7천만 원.

한국에서는 꿀을 빠는 직장으로 유명하다.

거기에 30%의 연봉 인상이면, 실수령액 기준으로 연봉이

1억이라는 소리다.

"경기가 개판인데 그게 가능합니까?"

지금 한국은 말 그대로 '헬조선'이라는 말이 잘 어울리는
상황이다.

경기 침체와 정쟁이 얽혀서, 도무지 출구가 보이지 않는
상황.

"하지만 그렇다고 해도, 그건 제가 어떻게 할 수 있는 부
분이 아닌데요."

"자네가 노조 편을 들어 주려는 경향이 있다는 건 알고 있네."

"정확하게는 대부분의 노조가 힘이 없는 존재니까요."

연봉 협상?

그건 진짜 일부 강성 노조의 힘일 뿐이다.

대부분의 노조라는 존재는 연봉을 올려 달라고 투쟁하기
는커녕, 자기 사람을 지키기도 급급하다. 한국은 노조에 상
당히 적대적이니까.

교과서에서 노동권을 요구하면 빨갱이라는 식으로 가르치
고 최저임금을 올리면 나라가 망한다는 식으로 가르치는 지
경이니 말 다 한 셈이다.

"연봉이야 그렇다 쳐도, 이놈들이 더 나아가 진짜 터무니
없는 요구를 해 왔네."

"터무니없는 요구라면?"

"우평리 공장을 폐쇄하고 그곳에 있는 일감을 이쪽으로 모

으면 충분히 경쟁력이 있다는 거야."

"우평리 공장요? 잠깐만…… 우평리 공장이면 대룡에서 만든 곳 아닙니까?"

"그렇지."

우평리 공장.

대룡이 아직 성화와 전쟁 중이던 때에 만들어진 공장으로, 그때는 상대적으로 미흡했던 대룡전자의 지방 공장 중 하나다.

그런데 그곳은 사연이 있다.

아니, 사연이 구구절절하게 많다.

그곳은 집에서 사회에서, 학대받고 고통받아 소외되던 아이들을 받아 주는 곳이다.

고아, 가정 폭력이나 집안 사정 등으로 인해 가출한 아이 등, 그런 떠도는 아이들을 받아들이는 기숙학교를 우평리에 만들었고, 그 아이들이 졸업한 후에 일할 수 있는 공간으로 만든 것이 바로 우평리 공장이다.

"그곳에서 일하는 사람들이 적지 않을 텐데요."

"벌써 이백 명이 넘네."

"으음……."

불운한 환경에서 살다가 대룡에서 제공한 기숙학교를 졸업하고 우평리 공장에 취직한 아이들은 보통 그들끼리 만나 결혼하고 아이를 가지고 가정을 이루며 살아간다.

처음에는 측은지심 때문에 벌인 일이었지만 지금은 그 자체가 하나의 사회나 마찬가지.

"거기에 그들이 낳은 아이들을 비롯한 가족들과, 거기서 나오는 돈으로 사는 지역 주민들까지 합치면 상상할 수도 없는 인원이 그 공장에 의지하고 있는 셈이지. 자네, 이게 무슨 뜻인지 알지?"

"알지요."

한 지역에 근무자가 1천 명인 공장이 있으면 그곳의 사회적 자금의 흐름은 최소 5천 명 규모로 이루어진다.

규모가 커질수록 한 지역이 그 공장만 바라보고 살게 되어 있다.

우평리같이 작은 곳에서 공장이 빠지면 그 지역 자체의 경제가 날아간다고 보면 되는 것이다.

"그런데 노조에서는 그곳을 폐쇄하고 모든 물량을 이쪽으로 몰아오기를 요구하고 있어."

"그래요?"

"그게 말이나 되나?"

"측은지심에서 하시는 말씀입니까, 아니면 자본주의적 관점에서 그러시는 겁니까?"

"둘 다."

거기에서 일하는 사람들의 사정이 불쌍한 것도 사실이다.

하지만 자본주의적 관점에서 봐도, 우평리 공장은 상당히 중요한 시설이다.

"그곳은 자네도 알다시피 인건비가 싸지."

"그렇지요."

기업이 공짜로 자선사업을 하는 경우는 드물다.

유민택도 그런 아이들을 도와주는 대신, 졸업 후 일정 기간 정해진 임금으로 근무하는 조건을 달았다.

한쪽은 당장의 생계, 다른 한쪽은 미래의 인건비를 걸고 거래를 한 셈이다.

"그런데 그쪽 물량을 이쪽 공장으로 가지고 오면? 허, 단가가 어떻게 될 것 같나?"

"터무니없어지겠지요."

"커피포트 하나에 요즘 5만 원이면 쓸 만한 걸 살 수 있네. 그런데 연봉 1억짜리가 만든 커피포트로 수익을 내려면 어떻게 해야겠나?"

"미쳤군요."

지금 우평리 공장은 낮은 인건비를 바탕으로 저가의, 하지만 질 좋은 물건을 다량 공급하는 방식으로 운영되고 있다.

그런데 본공장에 흡수되면?

"프리미엄이니 어쩌니 하면, 5만 원짜리 커피포트가 20만 원이 넘게 되겠지."

하지만 진짜 프리미엄이 붙어 있는 명품 가전 브랜드가 존재하는데 원래 5만 원짜리이던 대롱 커피포트를 20만 원씩 주고 살 사람은 없다.

"그런데 그쪽은 생산량만 따지고 있네."

"생산량이야 충분히 따라가겠지요."

노형진은 한숨만 나왔다.

"그래서 자네를 부른 거야. 저쪽이 워낙 요지부동이어야 말이지."

임금도 임금이지만 이런 터무니없는 조건을 요구할 줄은 몰랐다.

노형진은 머리를 절레절레 흔들었다.

"전에도 이랬답니까?"

"아니, 전에는 이런 일이 없었다는군."

원래 대룡이 아니라 성화였을 때는 이런 문제를 일으킨 적이 없단다.

그래서 방심했는데, 어느 사이엔가 공장을 붙잡고 거의 인질극을 벌이고 있단다.

"사람 봐 가면서 하는 거군요."

"그래. 그래서 더 괘씸하네."

노형진도 유민택도, 그들이 왜 저러는지 알아차렸다.

성화 시절에는 이러지 않았다. 이럴 수가 없었던 것이다.

그곳은 조금만 마음에 안 들어도 죽이려고 달려들었고, 또 그도 안되면 사람을 보내서 반쯤 병신 만드는 것도 주저하지 않았기 때문이다.

"하지만 대룡은 아니죠."

착한 기업이라는 대룡의 이미지 그리고 유민택의 인본주의 경영 등등 사람을 우선시하는 정책 때문에, 대룡은 그러한 행동을 하지 못한다.

"만만한 거지."

자신들이 아무리 달려들고 물어뜯어 봐야 이쪽에서 어떻게 하지 못할 거라는 것을 알고 저러는 것이다.

'인간이란 참.'

노형진은 자신도 모르게 고개를 흔들었다.

회귀 전에 정권이 바뀌었을 때도 그랬다.

국민을 사찰하고 감금하고 인생을 망가트리던 정권에서는 10년간 입 닥치고 가만히 있던 소위 자선단체나 인권 단체가, 대통령이 바뀌고 채 한 달도 되기 전에 인권을 지키라면서 게거품을 물고 자기 말을 안 들어 준다고 탄핵을 주장하기도 했다.

자신을 패는 사람에게는 무서워서 꼬리를 감추다가 자신을 인정해 주니까 만만하게 보고 덤비는 것이다.

"그것 말고도 또 있네."

"또 있다니요?"

"나는 대기업의 대표야. 나중에 새로운 공장을 만들 때 어디다 만들겠나?"

"아……."

한쪽은 거의 연봉 1억을 받아 간다. 한쪽은 그들의 3분의

1을 받아 간다.

"거기에다 불쌍한 아이들은 계속 생기지. 사람을 뽑는 데 하등 문제가 없네."

"하지만 본공장 쪽은 아니겠군요."

인건비도 비싸고 여러 가지 문제점도 많다.

결정적으로 똑같이 만들어서 똑같이 팔아도 수익률은 우평리 공장이 넘사벽이다.

"미안하지만 말이야, 회사의 운영자 입장에서 보면 우평리 공장의 사람들이 쓰기는 훨씬 편해."

월급은 실수령액 4천만 원선.

그 대신에 주변의 싼 땅을 이용해서 숙소를 공급한다.

그리고 그곳에 있는 시설은 모조리 대룡 관련 업체에서 공급하는 물건이다.

"거기에다 대부분 어딜 가도 이 조건으로 일 못 한다는 걸 알기 때문에 본청만큼 크게 요구하는 것도 없지."

"흠……."

노형진은 턱을 문질렀다.

"그게 문제군요."

"내가 봐도 그런 것 같네."

자연스럽게 기업인 대룡은 우평리 공장을 늘리고 본청을 줄이는 정책을 쓰게 될 것이다.

성화 아래에서 수십 년간 꿀을 빨던 본청 입장에서는 억울

할 수밖에 없다.

"특히나 권력을 가진 노조 입장에서는 눈이 돌아가겠군요."

"그래."

그래서 저들은 눈엣가시인 우평리 공장의 폐쇄를 요구하는 것이다.

"연봉이야 어찌 되었건, 우평리 공장은 절대 포기할 수 없네."

"저쪽은 뭐랍니까?"

"연봉은 포기해도 우평리 공장은 절대 인정할 수 없다는 식이야."

"당연하겠죠."

우평리 공장이 유지되는 한 대룡은 대비책이 있다. 그러니 자신들에게 끌려다니지 않아도 된다.

공장 설비를 옮기면 그만이니까.

'하지만 우평리 공장이 사라지면 아니게 되지.'

오로지 자신들만 있다.

만일 자신들이 파업하면 대룡전자는 그대로 멈추는 것이다.

그러니 장기적으로 보면 순간의 이익을 포기하고 대체재가 될 수 있는 우평리 공장을 폐쇄하는 것이 노조 입장에서는 이득이다.

"완전 귀족 노조야."

"귀족 노조라……."

노형진은 씁쓸한 생각이 들었다.

개인적으로 귀족 노조라는 말을 싫어한다.

애초에 노조라는 게 노동자를 보호할 목적으로 만들어졌는데 이권 단체가 되어서 이 난리라니.

"이대로 두면 파업하겠다는 식으로 나오고 있어서 말이야."

"노조 깨기를 할 생각이십니까?"

"그럴 거면 내가 자네를 왜 부르겠나?"

"그건 그렇지요."

노조 깨기.

기업들이 회사 내 노조를 무력화시킬 때 쓰는 방법은 많다. 이런 걸 보통 노조 깨기라고 한다.

대표적인 예가 파업이나 기타 노사분규에 무조건 민사소송을 해서 상대방을 자금으로 묶어 버리는 것이다.

그러면 노조원당 수억씩 빚이 생기기 때문에 꼼짝 못 한다.

아니면 복수 노조를 만들기도 한다.

어용 노조를 만들어 소속 사람들에게는 온갖 이익을 주고 소속이 아닌 사람들에게는 온갖 불이익을 주는 것이다.

"하지만 그런 방식은 사회적으로 좋은 방법이 아니지요."

"그래."

법적으로는 가능하다. 정부에서는 그걸 고칠 생각이 없다.

그러니 사회적 평판만 무시하면 충분히 쓸 수 있다.

"웃기는군. 사회적으로 좋은 기업이라는 소리를 들어서 꼼짝 못 한다니."

유민택은 어깨를 으쓱했다.

"노조 깨기는 안 된다라……."

노형진은 머리를 북북 긁었다.

"일단은 말이죠, 제가 한번 협상 자리에 나가 보겠습니다."

아무래도 노조와 사용자는 극단적 대립을 하는 경우가 많다.

그래서 협상할 때 굳이 싸울 이유도 없는 문제를 놓고 싸우게 되는 경우도 있다.

"일단 중재를 좀 해 보지요."

"그래 주겠나?"

"너무 기대는 하지 마세요."

노형진은 어깨를 으쓱했다.

자신은 엄밀하게 말하면 제삼자니까.

"자네만 믿겠네."

그러나 유민택은 안도한 듯 노형진의 손을 꼭 잡았다.

노형진은 왠지 쓸데없는 데에 낚인 듯한 기분이 들었다.

⚖️

"연봉 30%는 무리입니다."

사 측 대표는 차분하게 설명하려고 노력했다.

하지만 상대방은 요지부동이었다.

"우평리 공장을 폐쇄하면 그만큼 올려 줄 수 있지 않습니까?"

"우평리 공장을 폐쇄하는 데 들어가는 돈도 있습니다. 더군다나 그렇게 하면, 그곳에 있는 사람들은 어쩌라고요?"

"원래 자본주의라는 게 돈이 되는 곳에 투자하는 거지, 돈도 안 되는 곳에 투자하는 겁니까?"

노형진은 어이가 없었다.

'그러면 너희부터 자르겠지.'

하지만 제삼자로서 온 그는 말을 아꼈다.

"자, 자, 진정하시고. 사 측은 5%의 임금 상승을 제시하고 있습니다. 그리고 이건 평균으로 이야기하면 절대 적은 게 아닙니다."

"고작 5% 가지고 생계를 어떻게 이어 가라고요?"

"고작이 아닙니다. 무려 5%입니다."

월급 100만 원을 받는 사람이라면 고작 5%가 맞다. 5만 원밖에 안 오르니까.

하지만 연봉 1억이다. 5%면 500만 원이나 올려 준다는 소리다.

중소 기업의 두 달 치 월급이 오르는 셈이다.

"그러면 그쪽은 30%에서 물러나지 않겠다 이건가요?"

"저희도 기업을 사랑하는 사람들입니다. 우평리 공장만 폐쇄하면 올해는 임금동결에 동의한다니까요."

노조 위원장인 남궁찬수는 확언하듯 말했다.

"아까도 말씀드렸지만 그 건은 기업의 권한이지, 여기서 왈가왈부할 만한 게 아닙니다."

"그러면 우리는 어떤 조건도 못 받아들입니다. 우리 조건인 30%를 받아들여도 절대 불가합니다."

'결국 핑계라 이거군.'

우평리 공장이 남아 있는 한 자신들의 힘이 약해진다는 것을 그들은 알고 있는 것이다.

더군다나 기업 입장에서 우평리 공장을 계속 확장시킬 거라는 것도.

"아, 그만둡시다. 우리는 우평리 공장을 폐쇄시키지 않는 한 절대 협상 못 합니다."

자리에서 벌떡 일어나는 남궁찬수.

"협상 그만합시다! 그냥 파업합시다!"

"투쟁! 투쟁!"

"승리! 승리!"

협상 자리에서 투쟁을 외치는 사람들을 보면서 노형진도 회사 측도, 머리를 절레절레 흔들었다.

"일단…… 오늘은 좀 쉽시다."

아침 10시부터 시작된 협상은 오후 7시가 되도록 계속되고 있었다.

하지만 계속 제자리에서만 맴돌 뿐, 협상은 전혀 이루어지지 않았다.

"내일 다시 합시다."

"누차 말하지만, 우평리 공장이 유지되면 우리는 어떤 조건도 안 받아들입니다."

협상이 결국 실패하고, 우르르 나가는 사람들.

노형진 역시 그들과 함께 바깥으로 나갔다.

그런데 입구로 나가자 전혀 생각하지 못한 사람들이 서 있었다.

"너희는?"

아직도 차가운 복도에 무릎을 꿇고 기다리고 있는 사람들.

그들을 본 사람들은 움찔했다.

"노조 위원장님, 제발 한 번만 봐주세요."

"저희가 뭐든 잘하겠습니다. 제대로 할 테니까, 봐주세요."

"저희는 여기가 유일한 희망입니다. 제 가족들이 저 하나만 바라보고 있습니다."

무릎을 꿇고 비는 사람들.

그들은 다름 아닌 우평리 공장의 노동자들이었다.

"어어?"

당황한 노조 위원들.

그러나 남궁찬수는 눈만 찌푸릴 뿐이었다.

"노조 위원장님."

그중 선두에 있던 사람이 무릎으로 기어 와서 노조 위원장인 남궁찬수에게 매달렸다.

"제 학력은 이제 고졸입니다. 그나마도 검정으로 딴 겁니다. 집에 애가 둘이나 있고 아내는 임신 중입니다. 여기서 잘리면 어디 가지도 못합니다. 제발 한 번만 봐주세요. 제발……부탁드립니다.”

20대 중반의 남자는 눈물을 흘리면서 남궁찬수에게 매달렸다.

그의 눈에 가득한 절망과 눈물은 사람들의 말문을 턱 막기에 충분했다.

'저 사람은?'

노형진은 그를 알아보았다.

우평리 기숙학교의 초기 입학생이었다.

그런데 그의 인생은 다른 사람들만큼이나, 아니 다른 사람들보다 극한이었다.

알코올중독인 아버지와 집에서 도망간 어머니.

그는 결국 집을 나왔다.

그리고 길거리에서 다른 소녀를 만났다.

그 소녀 역시 다른 사람도 아닌 자기 아버지의 강간을 피해 집을 나온 피해자였다.

그런데 경찰이 그녀를 찾아서 아버지에게 다시 인계했다.

그걸 안 그는 그녀의 집으로 달려갔다.

그리고 그녀가 강간당하기 직전 그녀의 아버지를 때려눕히고 그녀와 함께 무작정 도망쳤다가, 대룡의 학교가 생긴다는 소문에 무작정 건설 중인 공사 현장을 찾아간 것이다.

대룡은 그런 그와 그녀를 받아 주었고, 노형진은 폭행으로 기소된 그를 변론해서 긴급피난 행위로 처벌을 면하게 해 줬었다.

'아이가 벌써 셋이라고?'

마지막에 들은 소식에 의하면 그 소녀, 아니 아가씨가 된 그녀와 결혼해서 아이를 하나 두었다고 하더니.

"제발 부탁입니다. 저희는 이제 희망이 그곳밖에…… 어억!"

그런데 생각지도 못한 일이 벌어졌다.

남궁찬수가 그를 발로 찬 것이다.

"더러운 손으로 누구를 잡아!"

"더러운?"

노형진은 귀를 의심했다.

"우리는 노동자를 위해 일하는 거야! 우리가 그렇게 고생하고 있는데, 제대로 자기 권리도 못 찾는 놈들이 여기서 빈다고 뭐가 바뀌는 줄 알아? 투쟁도 할 줄 모르는 사 측의 노예 새끼들 같으니! 퉤!"

남궁찬수는 심지어 그의 얼굴에 침까지 뱉었다.

"이런……."

노형진은 황망하게 쓰러진 그에게 다가갔다.

"괜찮아요?"

"노…… 변호사님?"

"네, 접니다. 괜찮아요?"

노형진은 그의 얼굴에 붙어 있는 침을 옷으로 닦아 냈다.

그리고 그의 손을 잡았다.

거칠고 투박한 손.

차가운 기계와 기름으로 까칠까칠해진, 수많은 아버지들과 같아진 그의 손.

노형진의 눈에 앞에 서 있는 남궁찬수의 손이 들어왔다.

그의 손은 깨끗했다.

잡티 하나, 굳은살 하나 없었다.

기름 한번 묻어 본 적 없는 듯 깨끗한 손.

그 손을 보면서 노형진은 입술을 깨물었다.

노조이기 전에, 노동자이기 전에 아버지이다.

그리고 아버지는 자식을 위해 모든 걸 포기한다.

'하지만 저 인간은…….'

포기한 게 없다. 탐욕뿐이다.

"뭐야?"

남궁찬수는 노형진의 그런 시선이 마음에 안 드는 듯 고개를 획 돌렸다.

"우리는 우리 의사를 전했으니, 받아들이지 않으면 실력 행사를 하겠습니다!"

"투쟁! 투쟁!"

"쟁취! 쟁취!"

손을 들어 투쟁과 쟁취를 외치면서 나가는 그들을 보며 노형진은 표정을 굳혔다.

"투쟁이라……."

"노 변호사님?"

회사 측 사람이 다급하게 다가왔다.

노형진은 손을 들어 괜찮다고 신호한 뒤, 아직도 무릎을 꿇고 있는 사람들을 일으켜 세웠다.

"일어나세요."

"노 변호사님."

"걱정하지 마세요. 우평리 공장은 절대로 폐쇄하지 않습니다."

노형진은 다시 고개를 돌려서 노조 측 인간들이 나간 곳을 바라보았다.

"투쟁이라……. 저도 투쟁 참 좋아하는데 말이지요."

지금까지와는 다르게 서늘한 시선.

"제가 한번 해 보겠습니다."

⚖️

노형진은 바로 유민택을 찾아가 협상할 가치가 없다고 확실하게 못 박았다.

"역시나 그런가?"

"예상했나 보군요."

"그러니까 자네를 불렀지."

"그런데 왜 절 굳이 협상 자리에 동석시킨 겁니까?"

"자네가 제대로 화가 나야 제대로 일을 할 테니까."

"이런, 이런."

유민택의 말에 노형진은 기분이 묘해졌다.

확실히 유민택은 사람을 쓸 줄 안다.

"애초에 말로 해서 되는 자들이었다면 자네를 부르지도 않았을 걸세."

"그렇군요."

노형진은 고개를 끄덕거렸다.

자신을 고의적으로 열 받게 만드는 것이 유민택의 계획이었다면 그건 정확하게 맞아떨어졌다.

실제로 노형진은 상당히 열이 받았으니까.

세상의 그 누가, 자신의 아버지가 그런 꼴을 당하는 것을 원하겠는가?

"자네는 어떻게 하는 게 좋을 것 같나?"

"일단은 지금 일을 이 지경으로 만든 자들에 대해 알아야겠네요."

"남궁찬수 무리 말인가?"

"네. 애초에 그들이 노조를 손에 넣은 이유도 모르겠구요."

"그는 원래부터 노조 위원장이었네."

"원래요?"

"그래."

성화 시절부터 노조 위원장을 하던 자로, 대룡에 합병된 뒤에도 그 자리를 이어받아 오고 있었다는 것이다.

노형진은 턱을 문질렀다.

"성화 시절부터요?"

"그래."

"신망이 두텁나요? 하지만 하는 짓을 보면 그럴 것 같지는 않은데요."

성화에서 이쪽으로 넘어올 때도 버틴 걸 봐서는, 이만저만 힘이 강한 게 아닐 것 같았다.

물론 그가 제대로 일을 하는 타입이라 신망이 두텁다면 이해가 간다지만…….

'하지만 하는 짓을 봐서는 그런 것 같지는 않은데?'

아무리 공장이 다르다고 해도 같은 노동자다.

그런데 노동자를 발로 차고 그의 얼굴에 침을 뱉는 작자가 신망이 두터울 리 없다.

그렇다면 남은 것은 하나뿐이다.

애초에 성화의 성향을 보면 그것 말고는 답이 없다.

"어용 노조군요."

"정확하네."

원래는 성화에서 만든 어용 노조일 것이다. 그리고 성화의 전폭적인 지지를 받으면서 성장했을 것이다.

"그리고 노조를 손에 넣었군요."

"그래."

"안 봐도 뻔하군요. 선출 방식은 대의원 투표 맞죠?"

"당연한 걸 물어보는군."

노조 위원과 위원장을 선발하는 방식은 투표다.

그리고 그 종류로는 모든 노동자들이 투표하는 노조원 투표와 각 집단의 대표들이 투표하는 대의원 투표, 두 가지가 있다.

"그리고 어용 노조들은 다 대의원 투표를 하죠."

전면적인 투표를 하게 되면 자신들이 원하는 사람들을 뽑지 못하니까.

그에 반해 대의원 투표는 회사에서 몇 사람만 관리하면 영구적으로 해 먹을 수 있다.

쉽게 말해서 국회의원이 국회에서 투표하는 셈인데, 그들은 자신들의 이권을 위해 국민에게 손해가 가는 투표에 적극적으로 찬성표를 던지는 셈이다.

"그래. 하지만 자네도 알다시피 노조 문제는 사 측에서 어떻게 할 수가 없지."

"이해가 갑니다."

고용 승계하면서 노조도 승계되었다.

그런데 투표 방식이 바뀌지 않으니 그들의 권력 역시 넘겨받은 셈.

'이건 뭐, 대한민국이 독립하고도 친일파가 권력을 잡은 셈이군.'

그리고 그들에게 이렇게 당하는 건 다름 아닌 대룡이고 말이다.

"투표 방식을 바꾸려면 내부의 정관에 손대야 하는데, 우리가 그러는 건 불법이란 말이야."

"문제군요."

"도대체 왜 저러는지 모르겠군. 성화는 망했어. 그런데 이제 와서 얼마나 큰 원한이 남아서 복수를 하려는 건지."

유민택의 말에 노형진은 고개를 흔들었다.

"그런 게 아닐 겁니다."

"그러면?"

"아마도 남궁찬수는 상당한 기회주의자일 겁니다."

즉, 성화에 대한 충성심 때문이 아니라, 상대방을 뜯어먹을 수 있을 것 같으니까 저럴 가능성이 높다는 것이다.

"그 말은?"

"대룡에서 그에게 적당한 돈을 쥐여 준다면 아마 모든 게 흐지부지될 겁니다."

유민택의 얼굴에 혐오감이 짙게 떠올랐다.

"나는 그런 기회자의자를 싫어하네."

"하지만 대부분의 사람들은 싸우기보다는 타협을 선택하죠."

유민택이 돈을 준다는 것.

그건 어용 노조를 만든다는 뜻이다.

그렇게 된다면 남궁찬수와 그 일파의 권력은 계속된다.

"만일 우평리 공장 폐쇄에 성공한다면 그건 그것 나름대로 자신들의 힘을 자랑하는 셈이구요."

"자기들은 손해 볼 게 없다 이거군."

"그럴 겁니다."

유민택은 눈을 찌푸렸다.

아무리 그가 착하게 사는 타입이라고 해도, 그는 대룡의 회장이다.

거대 기업의 회장이 남에게 끌려다니는 것을 좋아할 리가 없다.

"공장 폐쇄까지 생각하십니까?"

"필요하다면."

때로는 자존심이 더 중요한 것이 그들이다.

만일 공장 폐쇄를 한다면, 좋은 소리는 못 듣겠지만 저들에게도 끌려가지는 않을 것이다.

"그건 최악의 수단입니다."

"알고 있네. 하지만 이번에 우리가 물러나면 저들은 언제든 또 저런 짓을 하겠지."

"압니다. 그러니 다른 방법을 써 보지요."

"다른 방법?"

"네. 일단은 제가 공장에 대해 잘 알아야 할 것 같습니다.

관련 자료를 구해다 주십시오."

"그거야 어렵지 않네만."

"일단은 그 후에 제가 방법을 찾아보겠습니다."

노형진의 말에 유민택은 고개를 끄덕거렸다.

⚖️

"회사 시스템이 뭐 이따위야?"

손채림은 기록을 보면서 어이가 없다는 듯 외쳤다.

"왜?"

"아니, 뭔 놈의 회사가 비정규직이 80%야? 이거 봐 봐. 이게 무슨 빛 좋은 개살구냐고."

손채림은 이해하지 못하겠다는 듯 고개를 흔들었다.

노형진은 그걸 받아 들고는 한숨을 쉬었다.

"보통은 이렇게 많이 운영해."

"뭐?"

"보통 이렇게 많이 운영한다고. 어떤 기업은 직원의 95%가 비정규직이야."

"허? 그게 운영이 돼?"

"되니까 문제인 거야. 아니, 도리어 이게 더 많이 남지."

"하아? 아니, 왜?"

"서로 짬짜미 나눠 먹기라고 할까?"

어떤 기업의 상당한 고위직이 그만두게 되면, 기업에서 자기들끼리 뭉쳐 있던 자들은 그가 먹고살 수 있는 방법을 만들어 준다.

　사실 그럴 필요가 없는데도 말이다.

　"그럴 때는 어떤 업무를 비정규직으로 대체하기로 하지. 보통은 파견을 많이 받아. 그리고 그렇게 파견하는 회사는 거기서 그만둔 누군가가 차리지. 그러면 그는 가만히 앉아서 일하는 사람들의 임금 중 일부를 받아먹어. 그 숫자가 많을수록 중간에 받아먹는 돈이 더 많아지지."

　그래서 맨 처음 비정규직이 생겼을 때는 비율이 그다지 높지 않았다.

　하지만 이런 식으로 나눠 먹으면 기업의 입장에서는 돈을 아낄 수 있으니 점점 비정규직이 늘어나는 것이다.

　"특히 공장은 더 심하지. 아무래도 단순 기술직인 경우가 많으니까. 새론이야 애초에 비정규직을 안 쓰지만, 그런 기업은 드물어."

　"끄응……."

　손채림은 머리를 절레절레 흔들었다.

　"그러면 노조에 속한 사람들은 20%밖에 안 된다는 거네?"

　"더 낮을걸. 아마 15%쯤 될 거야. 정규직이지만 아무래도 어용 노조라 반감을 가진 사람도 있을 테니까."

　결국 고작 15%가 대룡전자를 좌지우지하고 있다는 소리다.

"미쳤다, 미쳤어."

혀를 끌끌 차던 손채림은 다른 자료로 손을 내밀며 노형진에게 물었다.

"이건 완전히 귀족이네, 귀족."

"그래서 귀족 노조, 귀족 노조 하는 거야."

상위 몇 퍼센트가 모든 권력을 쥐고 흔든다. 하지만 그들의 숫자는 채 한 줌도 되지 않는다.

대다수의 비정규직은 권한도 없고, 상위 노조가 손 한번 흔들면 날아가는 파리 목숨이다.

"이런 놈들 때문에 진짜 노동자들을 위하는 사람들이 욕먹지."

"미꾸라지 한 마리가 하천을 흐린다고 하잖아. 대한민국에서 진짜 노동자들을 위하는 곳은 드러나지 않지."

진짜 노동자를 위한 노조라면 대다수 비정규직을 위해서도 일해야 한다.

하지만 그들은 오로지 자신만을 위해 움직인다.

"와, 진짜 소송을 할 수도 없고 말이지."

"소송은 할 수 없겠지."

노형진은 문득 뭔가 생각난 듯 손채림이 보고 있던 서류를 꺼내 들었다.

"어쩌면 새로운 판을 짤 수도 있겠지."

"응?"

"네가 한 말이 맞아. 비정상적인 구조지."

노형진은 씩 웃었다.

"그리고 그게 우리한테 무기가 될지도 모르겠는걸. 성화가 생각지도 못한 선물을 주고 갔네, 후후후."

노형진은 눈을 반짝거렸다.

만인의 만인에 대한 투쟁

"비정규직의 정규직화?"

노형진의 말에 유민택은 당황스러운 표정이 되었다.

"그건 좀 부담스러운데."

"부담스럽다니요?"

"그렇지 않나? 아무리 내가 좋은 사람이기를 원한다고 해도, 대기업 회장이라는 본질이 변하는 건 아니야."

당연히 때로는 사람보다 돈이 우선이다.

"내가 설마 성화전자를 집어삼키면서 비정규직 문제를 몰라서 넘어갔겠나? 알지만 수익적으로 그걸 유지하는 게 더 나은 선택이니까 남겨 둔 것뿐이야."

노형진은 고개를 끄덕거렸다.

그건 어렵지 않게 예상한 일이다.

"아 다르고 어 다른 게 바로 사람이지요."

"그게 무슨 말인가?"

"정규직화하는 건 반대하시겠지만, 그러면 성화에서 회장님과 싸우던 작자들에게 돈을 주시겠습니까?"

"무슨 소리인가? 노동자들이 그런 걸 잘 알 리 없지 않은가? 잘못은 성화가 했지, 노동자들이 잘못한 건 아니지 않나?"

"노동자들이 아닙니다. 파견 회사의 대표에 대해 생각해 보셨습니까?"

"으음?"

"아무래도 그건 잘 모르시겠지요. 파견 회사를 정하는 건 회장님 아래에서 하는 일이니까요."

노형진은 성화, 아니 대한민국의 일반적인 파견 회사의 현실을 알려 줬다.

그 말을 들으면서 유민택 회장의 얼굴은 붉으락푸르락해졌다.

"그러니까 그 새끼들이 전부 성화에서 이사니 전무니 하던 새끼들이었단 말이야?"

"네. 아마 아래에서는 단순히 돈을 아낄 수 있으니까 그냥 고용 승계를 한 모양이지만요."

"이런 개 같은……."

한참 삐리릭 소리가 날 만한 욕을 하던 유민택은 당장 전화기를 들어서 관련자들을 모조리 불러오려다가 '쾅!' 소리를 내면서 다시 전화기를 내려놨다.

"안 부르십니까?"

"후우, 내가 너무 흥분했으니까. 이런 상황에서 판단은 조심스럽지. 물론 그냥 넘어간다는 말은 아닐세."

노형진은 미소를 지었다.

확실히 난사람은 난사람이다.

다른 사람 같으면 당장 계약을 해지하라고 날뛰었을 것이다. 하지만 그렇게 되면 공장 자체가 멈추게 된다.

"자네가 그 이야기를 여기까지 와서 한다는 건, 이유가 있어서겠지?"

"네. 복수 노조를 만드는 겁니다."

"복수 노조?"

"그렇습니다."

"내가 복수 노조를 만드는 건 별로라고 했을 텐데?"

사회적인 지위 때문에, 복수 노조를 만들면 노조 파괴라고 하면서 대룡이 욕먹을 가능성이 높다.

물론 기존에 좋은 이미지를 가지고 있으니 타격이 적을 수도 있지만, 좋은 선택은 아니다.

"우리가 강제로 만든다면 그렇지요. 하지만 직원들이 요구한다면 어떻게 될까요?"

"그게 무슨 말인가?"

"제가 말하는 정규직화는, 무조건 연봉 1억을 주자는 게 아닙니다."

연봉이 1억이 된 가장 큰 이유.

그건 성화가 지휘부인 대다수에게 권력을 주기 위해서였다.

그리고 그게 성공해서, 대다수의 정규직 노조원들과 노조에서는 모든 노동자들을 지배하면서도 반대로 비정규직을 차별할 수 있었다.

"그게 그들이 지배한 방식이지요."

"그래서?"

"비정규직을 없애면서도 그들의 조건을 그대로 넘겨받는 겁니다."

"그 말은?"

"회사에서는 손해 볼 게 없다는 거죠."

일반적으로 파견 회사에서 오는 사람들의 연봉은 4천 정도이다. 그중에서 10% 정도를 사장이 가지고 가게 되어 있다.

"즉, 일반적으로 파견 오는 사람들의 임금은 그다지 많지 않다는 겁니다. 그걸 가지고 협상하는 거죠."

그 조건대로 정규직으로 전환할 것이냐, 아니면 비정규직으로 남을 것이냐.

"하지만 그러면 미래의 수익이 낮아질 걸세."

기업들이 비정규직을 선호하는 가장 큰 이유는, 그들에게는 근무에 따른 연차가 적용되지 않기 때문이다.

즉, 1년을 일하든 10년을 일하든 연봉을 올려 줄 이유가 없다.

"대신에 장기적으로 보면 1인당 1억이 넘는 연봉이 많이 낮아질 겁니다."

"그래, 돈 문제는 우리가 나중에 계산해도 되니 그건 그렇다고 치고. 그런다고 해서 저들과의 싸움에서 우리가 유리할 건 뭐가 있나? 저들도 정규직이 되면 노조에 들어갈 건 당연한 일인데."

"그렇겠지요. 하지만 같은 노조에 들어가지는 않을 겁니다."

"어째서?"

"기존 노조원들은 자신들이 상급자라 생각할 테니까요."

"상급자라?"

"네. 사실 사용자들은 그런 걸 잘 모릅니다만."

비정규직은 정규직보다 능력이 떨어지거나 계급이 낮은 게 아니다. 그저 운이 안 좋을 뿐이다.

그런데 상당수 기업들이 그러한 비정규직을 차별한다.

아니, 노조에서 차별을 요구한다.

"성화 시절의 기록을 확인해 봤습니다. 그런데 노조에서 비정규직 차별을 요구한 기록이 있더군요."

일단 식당.

정규직과 비정규직은 이용할 수 있는 식당이 다르다. 당연히 식사 비용도 다르다.

비정규직의 한 끼당 가격은 2,800원. 그런데 정규직의 한

끼당 가격은 6,400원.

무려 두 배가 넘는 차이가 난다.

"급식은 대량 공급입니다. 급식에서 2,800원과 6,400원의 차이는 비빔밥과 라면 수준의 차이가 아닙니다. 이 정도면 거의 라면과 한우 불고기 수준이지요."

실제로도 식단을 보면 비정규직의 식단은 개차반이다. 토끼 밥처럼 풀이 대부분이다.

심한 경우는 깍두기에 단무지, 레토르트 짜장 조금이 한 끼 식사인 경우도 있었다.

"그런데 같은 날 정규직은 삼겹살구이에 쌈밥이 나오더군요. 점심때는 삼계탕도 나오고."

차별은 먹는 것만이 아니었다. 심지어 통근 버스조차 정규직은 따로 운영되었다.

"거기에다 화장실조차 비정규직용이 따로 있더군요."

"허? 성화는 미친 거 아닌가?"

"일종의 계급별 투쟁을 이용한 통제법입니다."

"계급별 투쟁?"

"인터넷에 엘리베이터에 관련된 우화가 있습니다."

"엘리베이터에 관련된 우화?"

"네."

어떤 기업이 엘리베이터에 '임원급 이상 전용'이라고 써 놨다. 그걸 본 근로자들은 불만을 토로했다.

이에 회사에서는 그걸 철회하는 대신에 엘리베이터를 '임원과 40대 이상으로만'으로 바꾸었다. 그러자 젊은 청년과 40대 이상 사람들이 서로 싸우기 시작했다.

얼마 후 회사는 다시 엘리베이터를 '여성 전용'으로 바꾸었다. 그러자 근로자들은 남자 측과 여자 측으로 나뉘어 서로 싸우기 시작했다.

결국 그들이 싸우는 사이에, 회사에서는 엘리베이터를 분쟁을 이유로 '임원용'으로 못 박아 버렸다.

그러자 이번에는 누구도 불만을 이야기하지 않았다.

자기 외의 누군가가 이득을 보도록 내버려 두느니 차라리 모두 망하는 게 낫다는 생각 때문이었다.

"한쪽에 이득을 줌으로써 그들이 싸우게 만드는 방법이지요."

"사실 엘리베이터는 그냥 아무나 쓰는 거 아닌가?"

"아무나 써도 상관없는 거죠. 사실 엘리베이터에 들어가는 전기료가 기업 입장에서는 그다지 부담이 될 정도도 아닐 테구요."

"그런데 왜?"

"이득입니다. 작은 이득을 줌으로써 뭉치지 못하게 하는 거죠. 그로 인해 노동자들은 서로가 서로를 물어뜯느라 정작 사측에 정당한 대가를 요구하지 못하게 되구요. 그 사건도 마찬가지입니다. 결국 엘리베이터에서 시작된 작은 사건이지만, 노동자들이 분열해서 사 측에 대항하지 못하게 되었지요."

"으음……."

유민택은 얼굴이 확 붉어졌다.

한때 자신도 그런 방법을 쓴 적이 있으니까.

"성화 역시 마찬가지였지요."

일부에게 이득을 몰아주고, 그 후에 나머지를 차별한다.

그러자 그들은 서로를 물어뜯느라 바빠서 정작 성화와는
싸우지 않았다. 아니, 못 했다.

"그래서 공정한 기회를 주자?"

"천만에요."

노형진이 피식 웃었다.

"저는 천사가 아닙니다."

"그러면?"

"제가 쓸 방법도 그들이 쓴 방법과 다르지 않아요."

"응?"

"다만 티가 안 날 뿐이지요. 아까 하던 이야기로 다시 돌
아가서 말씀드리자면, 그들을 정규직으로 돌려도 그들은 원
래 노조에 들어가지 않습니다. 애초에 들어갈 수도 없지요."

자신들을 노예 취급하던 자들과 같이할 수는 없다.

"그러면 자기들끼리 노조를 만들 겁니다."

"호오."

현재는 복수 노조가 불법이 아니다.

그래서 기업에서 어용 노조를 만들어서 기존 노조에 대항
하기도 하고, 반대로 어용 노조가 있는 곳에 새로운 노동자

노조를 만들어서 어용 노조에 대항하기도 한다.

"어용 노조를 만들면 욕먹겠지요. 하지만 어용 노조가 아니라 사이가 안 좋은 노동자들이 따로따로 노조를 만들면 어떻게 될까요?"

"아……."

유민택은 바로 알아차렸다.

그리되면 대룡은 그 사이에서 균형만 잘 잡으면 된다.

"좋은 생각이군. 하지만 정말 그들이 기존 노조에는 들어가지 않으려 할까?"

"그렇게 만들어야지요."

노형진은 느긋하게 말했다.

인간은 비슷하다. 그리고 그 비슷한 부분만 자극하면 충분히 통제할 수 있다.

"이런 말이 있지요. 만인의 만인에 대한 투쟁."

"그래서?"

"이번 작전이 바로 그 투쟁이 될 겁니다. 투쟁이라는 거, 저도 좀 할 줄 알거든요, 후후후."

노형진은 걸어온 싸움을 피할 생각 따위는 없었다.

⚖

"이게 뭐야!"

노형진은 조용히 밥을 먹고 있었다.

그때 옆에 있던 남자가 짜증스럽게 외쳤다.

"이게 밥이라고 나온 거야?"

멀건 계란국에 쉬어 꼬부라진 김치 몇 조각, 급식용 싸구려 김 한 봉, 개인당 동그란 냉동 돈가스 세 개와 대량으로 쪄 낸 군대식 계란찜 한 조각.

그게 오늘 점심이었다.

"어허, 이 사람! 왜 그래?"

"아니, 사람을 부려 먹고 밥을 이렇게 주면 안 되죠."

"한두 해 일인가?"

남자는 언성을 높였으나 다들 포기한 듯 고개를 흔들었다.

"아저씨들은 열 받지 않아요? 정규직 새끼들은 오늘 점심이 백숙이라고요! 백숙!"

"한두 해 일이 아니라니까, 글쎄."

"자네는 처음 당해서 몰라서 그래."

반쯤 포기한 사람들.

그들은 불만을 가지지도 않고 그냥 나온 대로 먹었다.

"아, 진짜."

더 화내려고 하는 찰나, 노형진이 그런 남자를 말렸다.

"그만하세요. 식사 시간입니다."

"이건 뭐……."

남자는 눈을 찌푸리더니 그대로 앉아서 다시 밥을 먹기 시작했다.

노형진은 밥을 먹으면서도 주변을 살피는 시선을 늦추지 않았다.

'역시나 그렇군.'

대부분 비정규직이고 까딱 잘못하면 잘릴 수 있는 처지다 보니 아무런 불만도 이야기하지 못하고 있었다.

"잘 먹었다."

그들이 부실한 식사를 마치고 바깥으로 나가자, 노형진은 아까 화를 내던 사람과 함께 구석으로 향했다.

남자는 능숙하게 담배에 불을 붙였고, 노형진은 그 담배 연기를 피해 옆에서 자판기 커피를 들었다.

"어때요?"

"뭐, 제가 쥐고 흔드는 건 어렵지 않겠네요."

사실 남자는 노형진과 새론에서 집어넣은 사람이었다.

이름은 정우호.

드러나지 않는 어용 노조를 만들기 위해서는 사람을 위에서 내려보내면 안 된다. 당연히 안에서 뽑아야 한다.

그런데 지금 있는 사람들은 대부분 비정규직으로, 파리 목숨으로 살아온 터라 그런 투쟁에 익숙하지 않았다.

"이거 불법 아닙니까?"

"불법은 아닙니다. 원래 노조 위원장과 노조 임원은 회사에서 임금을 지급합니다."

"아직 확정된 건 아니잖아요?"

"거의 확정된 거죠."

이들의 임무는 새로이 정규직이 된 이들을 이끌고 현 노조와 반대되는 노조를 만드는 것.

"제가 적당히 나서서 설친 후에 정규직화 선언이 나오면 저한테 쏠릴 것 같네요."

딱히 리더로서의 모습을 드러내 보이는 사람은 없으니까 그렇게 될 가능성이 높다.

더군다나 비정규직이 갑자기 정규직이 된다고 성격이 바뀌는 것은 아니다. 당연히 갑자기 공격적으로 나가지는 못한다.

그러니 유독 공격적인 모습을 보이는 사람들에게 쏠릴 것이다.

그 대표로 예정되어 있는 사람이 바로 정우호였다.

"다른 사람들도 마찬가지일 것 같네요."

"그럴 겁니다. 그나저나 진짜 이 정도로 차별하는 줄은 몰랐네요. 아무리 그래도 이건 너무 심한데요?"

"고용 승계의 문제죠."

고용 승계가 이루어졌으니 사람들은 하던 대로 했을 뿐이다. 그리고 위에서는 돈을 아낄 수 있으니 관심도 없었고.

"누군가 아래에서 직접 보고 보고하든가 치고 올라가든가 해야 했는데……."

"그럴 사람이 없었군요."

"네."

"이럴 거면 암행어사 제도는 도대체 왜 만든 겁니까?"

"그건 공장에는 아직 정착되지 않았습니다. 거기에다 이곳은 성화에서 넘어온 상황이라 본사와는 갭이 좀 심하구요. 그리고 어찌 되었건, 암행어사들은 정규직입니다. 아무래도 비정규직의 차별에 대해 실감을 못 할 겁니다. 애초에 겹치지도 않고요. 여기서 일하면서 정규직 보셨습니까?"

"끄응, 거의 못 봤네요."

"결국 돌아다니면서 봐야 하지만, 비정규직과 정규직이 완전히 구분되어 있어서 그들도 여기까지 들어오지는 못한 게 문제였습니다. 아무래도 제도 자체를 좀 손봐야겠네요. 가던 곳에만 다녀 봤자 답이 없어 보이니까요."

"끄응…… 염병할."

정우호는 담배를 빨면서 눈을 찌푸렸다.

현장에서 잔뼈가 굵은 그는, 이러한 방식이 돈을 아끼고 부려 먹기는 좋지만 결국 발전도 없다는 걸 누구보다 잘 알고 있었다.

"그건 나중에 하시고요. 일단 해야 하는 일은 분란을 일으키는 겁니다."

"노조 측 새끼들, 얼굴이 아주 볼만하겠는데요?"

"어쩌겠습니까? 자기들이 자초한 건데."

노형진은 어깨를 으쓱했다.

"최대한 노조 측과 분란을 야기하세요. 다른 분들도 마찬가지구요."

"알겠습니다. 그나저나 노 변호사님은 여기까지 안 오셔도 되는데."

"변론은 현장에 대해 알아야 할 수 있습니다. 서류만 가지고 싸우는 데에는 한계가 있으니까요."

그러면서 노형진은 가슴에 달려 있는 작은 카메라를 툭툭 쳤다.

"결국 모든 것은 증거가 말해 주니까요."

그리고 여기저기에 증거를 모으는 사람들이 심겨 있다는 것은, 그들만 아는 비밀이었다.

⚖

"야, 너 이거 좀 옮겨."

'야'라고 불린 남자, 정우호는 어이가 없다는 표정으로 상대방을 바라보았다.

"야?"

"그래, 너. 이것 좀 옮겨."

"어이가 없네. 너 인마, 너 몇 살이야?"

딱 봐도 20대 후반 정도밖에 안 된 듯한 놈이 마흔 살이 넘은 자신에게 '야'라니?

"이 새끼 봐라? 넌 몇 살이나 처먹었냐?"

"뭐?"

정우호는 너무 어이가 없어서 말문이 턱 막혔다.

따로 노조를 만들어야 하기 때문에 분란을 일으키라는 말을 듣기는 했지만, 가만히 있는데 먼저 선빵을 맞을 거라고는 생각도 못 했던 것이다.

"비정규직 파리 목숨 주제에 어디서."

"비정규직? 파리 목숨?"

"그래. 닥치고 시키는 대로 해라."

"너 인마, 지금 어른한테 무슨⋯⋯!"

정우호가 화를 내려고 하는 찰나, 누군가 그를 잡았다.

"알겠습니다, 작업반장님. 바로 옮길게요."

"작업반장?"

"이 사람이 온 지 얼마 안 돼서 잘 몰라서 그럽니다. 죄송합니다."

강제로 고개를 숙이게 만드는 남자의 행동에 당황하는 정우호.

"진짜 애들 관리 똑바로 못 해? 그러니까 그 나이 먹고 파견이나 다니지."

족히 자기 아버지뻘인 남자에게 짜증을 부린 작업반장이라는 어린 녀석은 바닥에 '퉤!' 하고 침을 한번 뱉은 다음에 그곳을 떠났다.

정우호는 그걸 보고 어이가 없었다.

"저거 뭡니까?"

"옆 라인."

심지어 자기 라인도 아니고 옆 라인이라니.

아니, 그건 그렇다 쳐도, 작업반장이라니? 아무리 봐도 30대도 되지 않은 듯한 얼굴인데 말이다.

"저거 얼굴이 얼마나 동안인 겁니까? 저 얼굴로 작업반장이라니? 얼굴에 방부제라도 발랐대요?"

작업반장은 경험이 좀 있고 작업 전반에 대한 지식이 충분해서 사람들을 통제할 수 있는 사람들이 맡는 직위다.

당연히 공식 직위라, 수당이 나오는 만큼 그에 맞는 사람을 뽑아야 한다.

"동안은 무슨. 재작년에 졸업했는데."

"네?"

"이제 스물여덟 살이야."

"농담하세요?"

고작 스물여덟 살에 작업반장? 그건 말도 안 된다.

물론 그가 고졸에, 군대도 안 가서 열여덟 살부터 기름밥 먹어 가면서 굴렀다면, 이해할 수 있다.

하지만 재작년에 졸업했다면, 그럴 가능성은 전혀 없다.

그런데 그다음 순간, 모든 이유가 드러났다.

"저 녀석 아빠가 노조 위원이야."

"끄응……."

그 순간 모든 그림이 그려졌다.

아버지가 노조 위원.

졸업 후 지금같이 힘든 시기에 바로 정규직 취업.

작업반장 같은 것은 결국 정규직이다.

"요즘 같은 시기에, 당연한 거 아닌가?"

기업들이 비정규직으로 운영되기 시작하면서 정규직 자리는 한정되어 있다.

당연히 그 자리에 들어갈 수 있는 사람도 한정되어 있으니, 인맥을 통해 뽑게 되는 것이다.

'이거…… 심각한데…….'

정우호의 얼굴이 절로 찡그려졌다.

단순한 낙하산의 문제가 아니다.

여기 노조에 있는 사람들은 다 성화에서 심은 사람들이다.

즉, 대를 이어 가면서 대룡에 반기를 들 수도 있는 문제가 된다는 것.

"어찌 되었건 정규직을 건드리면 모가지야. 여기 노조가 얼마나 힘이 강한데. 전화해서 하청에 지랄이라도 하면 파리 목숨이라고."

"끄응……."

"자네도 처자식이 있지 않나?"

"그건 그렇지요."

"자네 처자식 먹여 살릴 호구지책을 지켜 줬으니 나중에 소주라도 한잔 사라고, 허허허."

사람 좋은 미소를 지어 보이면서, 남자는 옆 라인 반장이 시킨 대로 짐을 옮기기 시작했다.

그걸 보면서 정우호는 눈을 찌푸릴 수밖에 없었다.

같은 시각, 노형진 역시 당혹스러운 일을 당하고 있었다.

"이거 좀 정리해라."

자신에게 서류 뭉치를 건네는 남자.

노형진은 그걸 보고 어이가 없어졌다.

"이건 제 업무가 아닌데요?"

노형진은 공식적으로 기계공으로 들어온 것이다.

물론 배우는 게 조건이기는 하지만.

그런데 그런 그에게 주어진 것은 서류 정리.

그것도 지난 한 달간의 서류였다.

"하라면 하지 잔말이 많아!"

"하지만 이건 과장님 일 아닙니까?"

"너 가방끈 길다며?"

"일단은 대학은 나왔습니다만."

"그럼 금방 끝나겠네?"

"한 달 치인데요? 그리고 업무양이 많은 거랑 가방끈 긴 게 무슨 관계가 있다고요?"

"아, 씝! 잔말 말고 해라. 내가 전화해서 지랄하게 만들지 말고."

그는 눈을 찌푸렸다. 그리고 품에서 뭔가를 꺼냈다.

"이건 근무 카드 아닙니까?"

"그래. 이따가 10시쯤에 내 잔업 카드 좀 찍어."

"네?"

"잔업 카드 좀 찍으라고. 카드는 경비실에 맡겨 두고."

그는 다짜고짜 카드를 던지고 그냥 휭하니 나가 버렸다.

노형진이 어이가 없어서 그 뒷모습을 멍하니 바라보며 서 있자 다른 사람이 등 뒤에서 그의 어깨를 두들겼다.

"원래 저래. 이해해."

"뭘 이해해요? 저 인간, 어디로 가는 겁니까?"

"골프 치러."

"네?"

"하루 이틀 일도 아니야."

노형진은 눈을 찌푸렸다.

'이거 생각보다 심각한데?'

일부 노조원들이 자신의 업무를 비정규직에게 떠넘긴다는 소리는 듣기는 했다.

그런데 아예 잔업 카드를 찍으라니.

그건 대놓고 횡령이다.

"이걸 놔두세요?"

"어쩌겠나. 저들이 지랄하면 우리는 파리 목숨인데."

한숨을 푹 쉬는 근로자들.

그들은 담배도 제대로 피우지 못하고 서둘러서 자기 자리로 돌아갔다.

"어서 일하세. 한 푼이라도 더 벌어야지."

"미친……."

"원래 세상이라는 게 그런 거 아닌가?"

당연하다고 말하는 그.

하지만 노형진이 보기에는 전혀 당연한 게 아니었다.

"그건 아닌 것 같네요."

노형진은 그 꼴을 마냥 두고 볼 생각이 없었다.

"청소 좀 제대로 해야겠습니다."

"응?"

노형진의 혼잣말을 다들 이해하지 못하고 고개를 갸웃했다.

⚖️

"이게 사실인가?"

유민택은 어이가 없다는 듯 보고서를 훌훌 넘겼다.

"네, 저와 팀원들이 확인한 겁니다."

정규직과 비정규직의 차별을 넘어, 거의 계급사회처럼 돌아가는 회사.

　그중 일부 사람들은 비정규직을 거의 노예처럼 부리고 있었다.

　"설마 정규직이 다 이런 건 아니겠지?"

　"그런 건 아닙니다. 하지만 일부가 그럽니다. 특히 노조에서 높은 자리에 있는 놈들이 그러더군요."

　"으음……."

　일반 노조원은 문제가 되지 않았다.

　하지만 노조에서 힘 좀 쓴다는 놈들은, 대놓고 사람들을 차별하고 있었다.

　"그로 인해 노조원과도 몇 번 충돌이 있었답니다."

　"충돌?"

　"아무리 성화에서 만든 노조라고 하지만 결국 직장인들인데, 그 안에 멀쩡한 사람이 한 명도 없었겠습니까?"

　하지만 노조는 성화의 지원을 받고 있었기에, 힘없는 노조원들이 아무리 불만을 터트려도 바뀌는 것은 없었다.

　"결국 반쯤 포기 상태인 것은 노조원들이나 비노조원인 파견직과 비정규직 모두가 마찬가지입니다."

　"끝내주는군."

　귀족 노조를 넘어서 '황제 노조'가 되어 버린 그들을 보면서 유민택은 고개를 흔들었다.

대룡에서는 지금까지 본 적이 없는 황당한 사태였다.

"어쩔 수 없지요, 그런 식으로 차이를 둬서 서로 싸우게 하는 게 성화의 방식이었으니."

"영 마음에 안 드는군."

"생각보다 의견 차이가 심해서, 더 길게 갈 필요는 없을 것 같습니다."

"내가 봐도 그런 것 같네. 분란을 일으켜? 더 일으키면 거의 폭동이 일어나겠는데?"

생각보다 심각한 상황에, 유민택도 작전을 좀 더 당기는 것에 동의했다.

"그러면 내일 아침에 뵙도록 하지요."

"그러세."

노형진은 자리에서 일어났다.

작전이 시작되면 이제 모든 것은 자동으로 굴러갈 것이다.

"타성에 젖어 있는 인간들이 과연 이걸 해결할 수 있을지 모르겠군, 후후후."

노형진은 내일 아침에 벌어질 일을 예상하면서 미소를 지었다.

⚖️

"아니, 이놈들이! 이게 무슨 짓이야!"

대룡전자의 회장 방문.

그건 그다지 이슈도 아니다.

회장이 계열사를 방문하는 것이 특이한 일도 아니고, 오늘 방문이 갑자기 벌어진 것도 아니었으니까.

하지만 회장의 도착이 채 20분도 안 남았는데 시위가 벌어진 것은 전혀 예상하지 못한 일이었다.

"이게 무슨 일이야?"

"이 새끼들아! 안 들어가!"

팻말을 들고 있는 시위자들을 보면서 회사 사람들은 거품을 물었다.

몇몇은 시위자들을 파견한 회사에 전화해서 개지랄을 했다.

하지만 그들은 움직일 생각을 하지 않았다.


비정규직 차별을 철폐하라!

비정규직 차별을 조장하는 대룡은 각성하라!

비정규직도 노동자다! 정당한 대우를 요구한다!


기습적으로 벌어진 시위.

그리고 다가오는 회장님의 차량.

"야, 저 새끼들 끌어내!"

사정을 모르는 사람들은 그들을 끌어내려고 했다.

하지만 시위자들은 당당하게 시위 허가 증명서를 내밀었다.

"정해진 시간에 정해진 시위 한다는데 무슨 문제라도?"

"헉!"

언제 받았는지 경찰에게서 허가서까지 받아 둔 그들의 행동력에 다들 사색이 되었다.

"이보게, 일단 들어가세, 응? 들어가서 이야기해."

다급하게 말하는 임직원들.

하지만 정우호와 그 일파는 꼼짝도 하지 않았다.

"회장님 오십니다!"

"으헉!"

"망했다!"

부장은 얼굴이 사색이 되었다.

재벌들은 눈앞에 이런 모습이 보이는 것을 끔찍하게 싫어한다.

성화 때도 한번 그랬다가 이사 하나가 모가지가 날아갔다.

물론 노동자들의 요구가 관철되지도 않았지만.

그런데 똑같은 일이 벌어지다니.

"망했다……."

그러나 이젠 어쩔 수 없는 일이었다.

이미 회장의 차가 입구에서 보이고 있었고, 그 뒤로 줄줄이 기자들의 차도 따라오고 있었다.

"야! 몸으로라도 가려! 몸으로라도 가리라고!"

다급하게 다른 직원들을 동원해서 가리려고 했지만 아무

리 몸으로 가린다고 한들 하늘 높이 치켜올려져 있는 팻말까지 가릴 수는 없었다.

"비켜!"

"각성하라!"

"차별을 철폐하라!"

고래고래 소리를 지르는 사람들과 그들을 밀어내려고 하는 사람들이 빚어내는 대혼란.

그사이 유민택이 탄 차는 천천히 입구로 들어왔다. 그리고 점차 속도를 줄이기 시작했다.

"부…… 부장님…….."

직원이 사색이 되어 부장을 돌아보았다.

그의 눈에 비친 부장의 얼굴, 아마 지금 자신의 얼굴도 딱 저런 모습이리라.

"마…… 망했다."

회장의 차가 멈췄을 때, 부장의 머릿속에는 그 생각 하나뿐이었다.

이윽고 차량의 문이 열리며 한 남자가 내리더니 그들에게 달려왔다.

"이게 무슨 일입니까?"

"그게…….."

비서로 보이는 남자의 말에 부장은 침을 꿀꺽 삼켰다. 그리고 고개를 돌렸다.

이미 돌이킬 수가 없는 상황.

우르르 내려선 기자들은 뭔가 재미있는 건수라도 잡았다 싶은 듯 신나는 표정으로 그 장면을 찍고 있었다.

"아니, 그냥 작은 시위가……."

"회장님 앞에서요?"

"죄송합니다. 당장 몰아내겠습니다. 이것들아, 뭐 해! 몰아내!"

"네, 부장님!"

"우와!"

더욱 격렬하게 부딪치는 두 집단.

그 순간 차량의 창문이 살짝 열리더니 유민택이 비서에게 까딱거리면서 손짓했다.

"네, 회장님."

비서는 차량으로 다가가서 잠시 대화를 나누는 듯하더니 다시 몸을 돌려 시위 현장으로 다가왔다.

"여기 대표가 누굽니까?"

"네?"

"대표가 누구냐고요!"

"저…… 접니다."

"아니, 책임자 말고, 시위하는 사람들 대표 말입니다."

사람들의 시선이 한쪽으로 쏠렸다.

얼마 전에 입사한 남자였다.

그는 갑자기 비정규직 철폐를 요구하면서 시위를 시작했고, 그에 몇몇이 동조했다.

같이 들어온 사람들이었기 때문에 다들 전문 시위꾼이 아닌가 하는 생각을 했지만, 이미 벌어진 일이었다.

"회장님이 잠깐 보자고 하십니다."

"네?"

부장은 깜짝 놀랐다.

당장 끌어내는 게 아니라, 보자고 하다니?

"와서 탑승하세요."

"그게 무슨……?"

심지어 시위를 주도하던 정우호도 당황한 표정이었다.

"회장님께서, 이러는 이유를 알고 싶으시답니다."

"몰라서 묻는 겁니까?"

"왕이 지방의 모든 장계를 보는 건 아니지요."

"……."

누군가 보내는 보고서를 자르고자 한다면 그건 어려운 일이 아니다.

더군다나 이런 사항은 보고가 올라오다가도 잘려 나가기 일쑤다.

"시위가 있다는 이야기는 못 들으셨답니다."

"그래서 우리를 보자고요?"

"고서에 이런 말이 있지요. 왕은 촌로의 닭이 여우에 물려

가도 그걸 책임져야 하는 사람이라는. 몰랐으면 모르되 안 이상 사정은 들어 봐야겠지요. 하지만 말도 안 되는 주장이라면 그만한 책임을 져야 할 겁니다."

"……."

다들 어리둥절하면서도 한편으로는 감동스러운 표정이 되었다.

정우호는 고개를 끄덕거린 뒤 차로 다가가 문을 열고 올라탔다.

그리고 회장에게 꾸벅 인사를 건넸다.

"오랜만입니다, 회장님."

유민택은 그런 정우호를 보면서 씨익 미소를 지었다.

−대룡에서는 이번 사태에 대해 참으로 안타깝게 생각합니다. 그렇게 극단적인 차별이 벌어지고 있다는 사실을 전혀 알지 못했습니다. 고용 승계 이후에 최대한 인적인 부분에 대해 터치하지 않은 것이 이런 사태를 불러왔다고 생각합니다. 이에 대룡은 그동안의 모든 차별을 철폐하고, 현재 파견직 또는 비정규직을 모두 정규직으로 전환합니다.

언론에서 나오는 대룡의 폭탄선언에, 사람들은 당혹감을

감추지 못했다.

한 기업의 왕이나 마찬가지인 회장이 일개 직원을 만나서 무려 열두 시간에 달하는 긴 대화 끝에, 파견직을 비롯한 비정규직의 철폐를 하겠다는 결심을 한 것이 엄청난 충격이었기 때문이다.

물론 기존 업체들의 계약과 같은 조건으로 승계하는 수준이라고 하지만, 하청에서 적지 않게 떼어 가던 돈을 직원이 가지고 가는 것만으로도 근로자들에게는 임금 상승효과를 불러일으키고 있었다.

"진짜 천연덕스럽네."

다 미리 짠 것이면서 모른 척 발표하는 대룡을 보면서 손채림은 혀를 내둘렀다.

"발표하는 사람이 알고 있었겠어?"

"그런가?"

"그나저나 대룡 쪽은 어때?"

"난리가 났지."

파견으로 가만히 앉아서 돈 벌면서 꿀을 빨던 성화의 전 임원들은 말도 안 되는 조치라고 게거품을 물었다.

하지만 국민들 중에서 그들을 편들어 주는 사람은 없었다.

국민들이 보기에는, 그들은 고혈을 짜 먹는 자들일 뿐이었으니까.

"근데 웃긴 건, 대룡전자의 노조가 이번 정규직화를 전면

반대하고 나섰다는 거야."

노형진은 피식 웃었다.

"당연한 거 아냐? 지금까지 자기들이 정규직이라고 꿀 빨 았는데 이제 그걸 나눠 먹으라고 하니 좋다고 하겠어?"

똑같은 정규직인데 그들은 1억씩 받으면서 일하는 반면 다른 쪽은 4천만 받고 일한다면, 그 차이는 클 수밖에 없다.

당연히 엄청나게 눈치가 보인다.

"하지만 그 덕분에 일은 편해지겠네."

"그렇겠지? 다른 노조라는 것은 전혀 상상도 못 하고 있을 테니까."

"우리는 중간에서 구경만 하면 되는 거니까, 후후후."

노동자 대 노동자의 싸움. 만인의 투쟁이 이제 시작되었다.

그래, 너 노조 위원장이야

"말도 안 되는 개소리! 뭐? 다른 노조를 만들어?"

남궁찬수는 화가 나서 소리를 질렀다.

"네, 그 새끼들이 기존 노조는 인정할 수 없다면서, 새로운 노조의 창단을 요구하고 있습니다."

"이런 미친 새끼들! 내가 지들을 얼마나 챙겨 줬는데 이렇게 뒤통수를 후려 까?"

기존 파견직들이 들었으면 어이가 없어서 숨이 넘어갈 만한 소리를 하는 남궁찬수.

"위원장님, 근데 그러면 우리가 큰일 납니다. 저 새끼들다 정규직화되면, 무려 80%나 저쪽에 붙는 셈이 됩니다."

그러면 자신들이 가지고 있던 권력도 날아가게 된다.

당연히 회사는 저쪽을 편들 것이다.

"이런 미친 새끼들. 도대체 뭔 생각을 하는 거야?"

어떻게든 비정규직을 늘리려고 하는 것이 대기업이다. 그런데 이처럼 비정규직을 줄이겠다고 나서 버릴 줄은 꿈에도 생각하지 못했다.

"회사에서는 뭐라는데!"

"자신들이 어쩔 수 없는 일이랍니다."

"씨발, 그걸 말이라고 하는 거야! 어떻게든 막아야 할 거 아냐!"

부하조차 할 말이 없었다.

복수 노조를 만드는 게 불법은 아니다. 그런데 그걸 어떻게 막는단 말인가?

물론 그 신설 노조를 회사에서 협상 대상으로 인정하느냐 마느냐는 전혀 다른 문제이지만, 무려 80%의 직원들이 저쪽에 가입하게 될 상황이다.

"당장 이거 노조 파괴하려는 짓거리라고 기자회견 해!"

"네."

"그리고 당장 파업 절차에 돌입한다! 파업 찬반 투표한다고 해!"

"알겠습니다."

"이 개새끼들, 두고 보자."

남궁찬수는 이를 박박 갈았다.

그는 자신이 가진 권력을 절대로 놓을 생각이 없었다.

그러나 세상은 그렇게 쉽게 굴러가는 게 아니었다.

⚖

"결국 찬반 투표를 한다 이거군요."

노형진은 통지를 받고는 시큰둥하게 말했다.

이미 예상한 일이다.

"뭐, 예상한 일 아닙니까?"

"그렇지요. 그런데 우리가 먼저 선빵 하려고 한다는 거, 알고 있을까요?"

"모르고 있겠지요."

알고 있다면 갑자기 이렇게 급하게 찬반 투표를 할 리 없다.

"과연 사람들이 뭐라고 할지 궁금하네요, 후후후."

"우리 입장에서는 땡잡은 거죠."

한쪽은 4천, 아니 이제 올라서 4,500만 원씩 받으면서 일하는데 자기들은 1억씩 받으면서 정규직화를 반대했다.

안 그래도 그 때문에 국민들의 감정이 결코 좋지 않다.

"그런 것도 모르고 저런다니."

"지금까지 온실 속에서 살아왔으니까요. 기본적으로 노조의 목적은 투쟁입니다. 하지만 기회만 노리고 살아왔으니 모를 수밖에 없지요."

그리고 그것이 그들의 가장 큰 패착일 것이다.

"그나저나 정규직화에 대해 다른 사람들은 뭐라고 합니까?"

"아이고, 말도 마세요."

정우호는 손을 절레절레 흔들었다.

"얼마나 감사 인사가 많이 오는지, 핸드폰을 꺼 둘 수가 없습니다. 미친 듯이 문자랑 전화가 와서 잠을 못 자요, 잠을."

"하하하."

"그나저나 진짜 기업에는 피해가 안 갑니까?"

노형진은 씩 웃었다.

어용 노조이다 보니 그걸 걱정할 수밖에 없을 것이다.

하지만 그건 나쁜 걱정이 아니다.

결국 회사가 잘되어야 모두가 잘살 수 있다.

물론 그 절묘한 균형이 중요하다.

회사만 잘사는 것도, 직원만 잘사는 것도, 아무런 의미가 없으니까.

"없을 겁니다. 결국 나가는 돈은 비슷하거든요."

"그런데 왜 다른 곳들은 안 하는 건지 모르겠네요."

"결국 책임의 문제지요. 사람들은 '대기업=높은 임금'이라고 생각하거든요."

하지만 낮은 임금으로 일하던 파견직을 정규직화하면, 기존의 낮은 임금보다 좀 더 주면 된다.

"결국은 누군가 손해를 조금씩 본다는 거죠."

그러나 1억씩 받던 기존 세력 입장에서는 마음에 안 들 수 밖에 없다.

"어디 보자, 슬슬 기자회견을 할 시간이군요. 이거, 기업 입장에서는 아주 반갑겠지요?"

"결국 모든 건 동전의 양면 같은 거니까요."

엘리베이터 같은 것은 결국 회사를 분열시켜서 사람들을 노예 취급하는 것이 목적이지만, 이 일은 회사에 있는 소위 '고인물'을 쳐 내는 것이 목적이다.

"자, 그러면 나가 볼까요?"

노형진이 말하자 고개를 끄덕거렸다.

정우호는 서류를 들고 바깥으로 나갔다. 그리고 미리 기다리고 있던 기자들을 보면서 기자회견을 시작했다.

"대룡전자의 노조에 관하여 기자회견을 시작하겠습니다. 앞서, 저희 신흥 노조는 마찬가지로 구노조를 인정할 생각이 없습니다. 권력의 문제가 아닙니다. 그들은 자신들을 귀족으로 생각하면서 비노조원들과 이제는 정규직이 된 비정규직들을 노예처럼 부려 먹었습니다. 그리고 대룡에서 정규직화를 선언했을 때도, 그들은 이를 인정하지 못하겠다면서 노동자들의 뒤통수를 후려쳤습니다."

"하지만 그것만 가지고 어떠한 협상도 없이 노조를 분할한다는 것은 말도 안 되는 행동 아닌가요? 노조가 장난도 아니고요. 일부 몇 사람이 사이가 안 좋다는 이유로 개별 노조를 만든다? 그건 복수 노조를 악용하는 것 같은데요?"

기존 노조와 친한 한 기자가 날카로운 질문을 던졌다.

그러나 정우호는 속으로 웃었다.

저런 질문이 나올 줄 알았다. 그리고 그에 대한 대답은 이미 준비되어 있었다.

"이건 개인적인 문제가 아닙니다. 그동안 그들이 한 행동에 대한 문제입니다. 그들은 동일한 노동을 하는 노동자들을 인정하지 않고 노예처럼 부려 먹었습니다. 그런 자들을 노동자의 대표로 인정할 수는 없습니다."

"증거 있습니까?"

"증거야 넘치죠."

정우호는 미리 준비한 동영상과 사진 그리고 진술서 등을 꺼내 들었다. 그리고 컴퓨터로 재생했다.

─야! 이것 좀 가져가.

─너, 나 대신 일 좀 해라.

─이따가 퇴근할 때 나 대신에 야근 좀 찍어라.

동영상을 보던 기자들은 입을 쩍 벌렸다.

아무리 정규직이라고 하지만 이런 식으로 비정규직을 개인 노예 부리듯이 대하는 사람들은 처음 봤기 때문이다.

심지어 어떤 사람은 자기가 이사하는데 비정규직 노동자

를 불러서 짐꾼으로 쓰기도 했다.

"야, 저거 너무한 거 아냐?"

"완전 미쳤네."

경제 쪽 기자들은 많은 노조를 보아 왔기에 그들 사이에서 어느 정도 차별이 있다는 것은 알고 있었다. 하지만 그들조차도, 설마 이렇게 대놓고 노예 취급하는 자들이 있을 줄은 몰랐다.

그러나 핵폭탄은 그것만이 아니었다.

"증거는 그것뿐만이 아닙니다. 현 노조는 과거 성화전자 시절부터 이어 온 노조입니다. 기업이 바뀌었음에도 노조는 그대로입니다."

"그건 고용 승계가 이루어진 상황이니까 그런 거 아닌가요?"

구노조와 친한 기자가 애써 실드를 치려고 했지만, 이미 분위기는 완전히 뒤집어진 상황이었다.

"그래요? 그러면 그 당시에 이루어진 차별 정책에 대해 이야기해 볼까요?"

"그 당시에 이루어진 차별 정책?"

"임금은 그렇다고 칩시다. 그런데 같은 노동자들끼리 식당도, 메뉴도 다릅니다. 심지어 휴게실과 화장실까지 구분해서 썼습니다. 동일한 노선인데 출퇴근 버스를 구분했습니다. 이거 딱 과거에 미국에서, 흑인이랑은 더러워서 같이 못 쓴다는 것과 같지 않습니까?"

"으음……."

극단적 차별 정책. 그건 여전히 말이 많았다.

물론 대부분 안 좋은 소리였다.

그런데 같은 일이 한국에서 벌어지고 있다니.

"더군다나 그러한 차별 정책을 요구한 것이 구 성화전자의 노조, 그러니까 현 대룡전자의 구노조입니다. 그들에게 차별을 받은 것은 우리 비정규직입니다. 그들은 우리가 더럽다고 같이 못 하겠다는데, 우리가 왜 그들과 같이해야 합니까?"

증거가 있고, 증언이 있고, 피해자가 있다.

이러면 아무리 실드를 치고 싶다고 해도 칠 수가 없다.

"우리는 개별 노조를 만들어서 활동하겠습니다. 그것에 대해 불만이 있다면 우리 노조원을 설득해서 데려가세요. 데려갈 수나 있을지 모르겠지만."

정우호가 비릿한 미소를 날렸다.

⚖

-저희 대룡에서는 이번 사태에 대해 전혀 예상하지 못했습니다. 저희는 공정한 대우를 약속했으며, 그걸 위해 전 직원의 정규직화를 진행했습니다. 그러나 이런 사태가 벌어질줄은 예상하지 못했습니다. 다만 저희는 복수 노조를 인정하는 현행법에 따라서 양측을 공정하게 대할 것을……

뉴스에서 나오는 대룡의 입장 표명을 보던 노형진은 채널을 돌렸다.

이미 알고 있던 내용이다.

어차피 대룡은 이 상황에서 누구 편도 들어 줄 수 없다.

그게 정상이고, 엄밀하게 말하면 노조는 기업과 전혀 관련 없으니까.

누군가를 편들어 준다면 그것이 바로 그들을 어용으로 인정하는 셈이다.

"아주 그냥 화려하게 가루가 되는구나."

옆에서 인터넷 기록을 살피던 손채림이 피식 웃었다.

"뭐라고 하는데?"

"한번 볼 텨?"

화면을 돌려 주는 그녀 덕분에 노형진은 어렵지 않게 댓글을 볼 수 있었다.

댓글들은 구노조에 불리한 내용이 대부분이었다.

–씨발, 이제는 국회의원도 모자라서 노조도 모시고 살아야 하나?

–와, 연봉 1억 실화냐? 근데 30% 더 달라고?

–난 그건 이해한다. 자기가 벌어 온 만큼 받아 가는 게 정상이잖아? 그런데 자기 더 벌겠다고 다른 사람들을 자르라는 건 뭔 개소리래?

–씨발, 내 친구 거기서 일하는데 애가 두 명이다. 그런데 자르라고? 개쌥 삐리리들.

─역시 헬조선. 최적화되어 있네. 다음부터 '노조 위원장 납시오.' 말고 '상감마마 납시오.'라고 해야겠다.


"역시나네."

"그렇지?"

다른 것도 아니고 탐욕 때문에 다른 공장의 동료를 자르라고 한 노조를 좋게 보는 사람은 아무도 없었다.

"대룡은 완전히 이번 사건에서 벗어난 모양인데? 협상이고 나발이고 안되는 모양이야. 협상하러 오라고 했는데 아무도 안 왔대."

"그렇겠지. 지금 상황이 협상을 할 상황이냐?"

"진짜 대룡은 가만히 앉아서 굿이나 보고 떡이나 먹는 거네."

노형진의 계획대로, 대룡은 쏙 빠진 대로 양 노조끼리 싸우기 시작했다. 그리고 그들의 행동은 사람들의 관심을 끌었다.

그럴 수밖에 없는 게, 복수 노조가 허용된 이래로 노조들이 서로 사이가 안 좋은 것은 종종 있는 일이었지만 이렇게 대놓고 싸우는 경우는 없었기 때문이다.

"이 정도면 충분할까?"

노형진은 고개를 흔들었다.

"아직 부족해. 기본적으로 저들은 탐욕스러운 존재야. 수십 년을 권력을 잡고 있었는데 그냥 물러나겠어?"

"역시 수작을 부릴까?"

"지금은 아니겠지. 하지만 다음번에는 부릴 거야."

실제로 지금도 그들은 신노조 지도부에 사람들을 보내서 노조원들을 꼬시고 있었다.

"자기들끼리 손잡고 임금을 높이자고 설득하는 모양이야."

"설득?"

"그래. 자기들이 1억씩 연봉을 받으니, 너희들이 도와주면 너희도 1억씩 연봉을 받을 수 있다 이거지."

"개소리네, 개소리."

새로 정규직이 된 사람들은, 어느 정도 임금 상승이 되기는 했지만 1억씩이나 받는 사람은 없었다.

"사실 그들이 1억씩 받을 수 있었던 건 비정규직들이 자기 몫을 받지 못했기 때문이라는 이유가 가장 큰데 말이지."

그런데 이제 와서 그들을 설득해서 모두가 1억씩 받아 내겠다니.

"대룡이 그걸 줄 리 없잖아?"

"줄 리 없지. 애초에 그걸 주면 대룡전자가 수익이 나겠냐?"

"그런데 왜 그래?"

"기업보다는 자기 욕심이 우선이니까."

하지만 애초에 신노조는 어용 노조에 가깝다.

그러니 그 조건을 받아들일 리도 없거니와, 그렇게 되면 대룡전자가 쓰러져서 자신들이 해직된다는 것도 다 알고 있다.

"기생충 같네."

"더 독하지. 기생충 중에서도 자기 숙주를 말려 죽일 정도로 빨아먹는 놈들은 극히 드물어."

노형진은 그 말을 하면서도 입맛을 다셨다.

도대체 인간의 욕심에 실망을 하지 않을 수가 없다.

"그러니까 때때로 구충제를 먹어야지."

"다음 구충제는 무척 독할 텐데?"

손채림은 피식거리면서 웃었다.

"독하지. 아주 독하지."

다음 구충제는, 그들이 했던 그대로 돌려받는 것일 테니까 말이다.

⚖

우평리.

우평리 공장은 원래 노조가 없었다.

그럴 수밖에 없는 게, 우평리 공장에서 일하는 사람들은 대룡의 도움을 받은 이들이다.

거기에다 달리 다른 곳에 가서 정착할 수 있는 사람들도 아니었다.

계약 조건 자체가 일정 기간 근무이기도 하고.

그런 곳에 노조가 생겼다.

물론 노형진, 아니 대룡에서 사람을 보내 만든 노조였다.

그리고 그들은 당혹스러운 조건을 내밀고 전면 파업을 예고했다.

임금의 30% 인상, 그리고 다른 근로자들을 해직하고 자신들의 욕심을 채우려고 한 구 성화노조의 해직 및 형사처벌을 요구한다. 만일 이 조건이 받아들여지지 않으면 전면 파업을 하겠다.

얼토당토않은 요구였다.

하지만 국민들이 보기에는 충분히 그럴 수 있는 일이었다.

애초에 먼저 도발한 것은 구 성화노조였으니까.

거기에 신흥 노조까지 동일한 파업을 지지한다면서 실력 행사를 예고하자, 사람들은 도리어 대룡을 불쌍하게 생각했다.

-대룡은 뭔 죄를 지어서 사이에서 두들겨 맞냐?

-어이가 가출했다, 진짜.

-근데 이거 말이 되는 요구냐?

-개소리지. 그런데 저거 요구했다고 뭐 다 때려잡을 수 있는 건 아니잖아.

-불쌍한 대룡. 통수 제대로 맞는구나.

사람들이 보기에는 대룡이 세 곳의 노조 사이에 끼어서 이리 두들겨 맞고 저리 두들겨 맞는다 싶었던 것이다.

실제로도 아무리 봐도 그런 꼴이었고.

하지만 현실은 달랐다.

"이거 개소리기는 한 거지?"

"개소리야. 법적으로 말도 안 되는 주장이야. 노조가 요구할 수 있는 건 법적으로 노동에 관한 부분뿐이니까. 근로자의 임금이나 근로조건 같은 거 말이야. 만일 선거하는데 노조가 특정 후보에 대한 지지를 요구하면서 파업해 봐. 얼마나 세상이 개판이 되겠냐? 애초에 사업 자체를 못 할걸."

"그런데 왜 구노조가 그런 개소리를 한 거야?"

"자기들이 갑인 줄 알았던 거지. 사실 말도 안 되는 요구를 하는 경우가 아예 없는 것도 아니거든. 처벌 조항이 없으니까."

법적으로 노조의 요구는 근로에 관한 사항으로 제한되어 있지만 그걸 어겼을 때의 처벌 조항은 없다.

그러니 몇몇 노조에서는 말도 안 되는 터무니없는 조건을 달기도 한다.

물론 기업에서 들어줄 리 없지만 말이다.

"어찌 되었건 그건 다른 곳도 마찬가지야. 뭔 개소리를 하든, 그걸 이유로 파업하지만 않으면 처벌하지 못해."

그런 경우는 명백하게 불법행위이니 그에 대한 손해배상이 청구된다.

"그래서 저들이 30%의 임금 인상안을 같이 넣은 거야."

"응?"

"만일 받아들여지지 않으면 그걸 이유로 파업했을걸."

"아하!"

사실 임금 인상은 페이크였던 셈이다.

애초에 그들의 목적은 우평리 공장의 폐쇄.

하지만 그게 받아들여지지 않을 경우, 임금 인상을 핑계 삼아 파업했을 것이다.

"내가 노린 것도 그거고."

우평리 공장 노조 역시 30%의 임금 인상과 그들의 형사처 벌을 조건으로 달았다.

그들에게 똑같이 하고 있는 것이다.

"하지만 상황이 바뀌었다는 거지, 후후후."

전에는 우평리 공장이 약자였다.

노조도 없고, 숫자도 적었으니까.

하지만 이제는 상황이 바뀌었다.

우평리 공장에 노조가 생겼고, 대룡전자에도 신노조가 생 겨 그들과 힘을 합치고 있다.

"거기에다 그들이 잘못한 것도 아니거든. 도발은 구노조 가 먼저 했으니까."

결국 사람들에게 대룡은 사이에 끼어 있을 뿐, 이번 일은 철저하게 노조끼리의 싸움으로 보일 것이다.

"내가 살다 살다 노조 파괴를 할 줄은 몰랐네."

"그런데 그런 놈들도 노조로 봐야 하나?"

손채림은 노형진의 말에 진짜 심각하게 말했다.

노동자에게는 일절 관심이 없이 그저 탐욕만 부리는 자들.

그들을 과연 노조로 봐야 할까?

"글쎄……."

노형진도 그 부분에 대해서는 확답을 줄 수가 없었다.

"이런…… 개 같은……."

구 성화노조의 위원장인 남궁찬수는 손을 부들부들 떨고 있었다.

사 측을 압박하기 위해 총파업을 표결에 부쳤다.

그리고 98%의 찬성으로, 파업이 확정되었다.

하지만 그뿐이었다.

"지금 뭐 하는 거야!"

그가 현장에 왔을 때, 평소처럼 근무하는 사람들이 있었던 것이다.

아니, 대다수가 평소처럼 근무하고 있었다.

"너 이 새끼들! 지금 총파업 기간이야! 알아, 몰라!"

남자는 고개를 돌렸다. 그리고 피식 웃었다.

"나 당신네 노조 아닌데?"

"뭐?"

"나 당신네 노조 아니라고."

"그……!"

"당신네 노조원한테나 가서 따져."

"너 이 새끼! 어디 비정규직 새끼가……!"

언성을 높이려던 남궁찬수는 말을 다 잇지 못하고 입을 다물어야 했다.

"어디다 대고 비정규직이래! 나 정규직이야, 정규직! 알아! 정규직이라고! 너랑 똑같은! 정! 규! 직!"

그동안의 설움이 복받친 건지, 한 글자 한 글자 힘줘서 또박또박 말하는 남자.

그리고 그런 남자 주변으로 모이는 사람들.

"그럼, 정규직이지."

"그래, 당당한 정규직이지."

"니미, 씨발……."

남궁찬수는 절로 욕이 나왔다.

전에는 비정규직이라서 자기 마음대로 할 수가 있었다.

파견을 보낸 회사에 한번 지랄 지랄 하면 그 회사에서 바로 그를 해직시켰으니까.

하지만 그는 이제 정규직이다.

그들을 빼 버릴 권한은, 이제 자신이 아닌 회사에 있다.

그리고 회사에서 그들을 자를 이유는 없다.

"씨발…… 두고 보자!"

남궁찬수는 이를 박박 갈면서 다른 쪽으로 향했다.

그리고 그곳에서 다른 먹잇감을 발견했다.

자신이 아는 사람이었다. 즉, 자신의 노조에 속한 사람이라는 것이다.

"야! 이 새끼야! 지금 총파업 기간이야! 그런데 왜 여기서 일하고 있어!"

남자는 주변을 돌아보더니 피식 웃었다.

"나는 총파업 투표에 불참했는데요."

"뭐?"

"나한테 총파업 의사를 물어본 적 있습니까?"

"당연하지! 투표했잖아!"

남자는 코웃음을 쳤다.

지금까지야 어쩔 수 없이 끌려다녔다지만, 이제 상황이 바뀌었다.

"그건 내가 아니라 대의원이 한 거지."

"그게 그거지!"

"아니지. 그거 성화 때 낙하산으로 내려온 새끼들이잖아."

어깨를 으쓱하는 남자.

"몇 년째 대의원이니 노조 위원이니 위원장이니 해 처먹었으면, 이제 좀 그만하지?"

"뭐라고? 너, 너……!"

화가 나서 부들부들 떠는 남궁찬수.

하지만 틀린 말이 아니었다.

총투표라고 표현했지만 실제로 투표에 참여한 것은 대의원과 노조 위원뿐, 진짜 노조원은 참여하지 않았다.

투표 정관에 그렇게 되어 있으니까.

"다른 노조가 없으면 모를까, 다른 노조도 있는데 우리가 투표해서 뭐 어쩔 건데? 거기에다 우리가 숫자도 적은데."

"무려 20%라고!"

"글쎄? 그 20%에서 나는 빼 주슈."

남궁찬수는 뒤통수를 맞은 기분이었다.

빼 달라니.

"그게 무슨 말이야!"

"내 대신에 투표를 하든 말든 그건 당신들 마음이지만, 탈퇴하는 건 내 마음이라고."

다른 대안이 없다면 모를까, 지금은 다른 대안이 있다.

거기에다 그쪽이 압도적으로 유리하고 훨씬 투명하다.

"막말로, 당신네들이 나한테 해 준 것도 없고."

그들이 어용인 걸 모를 리 없다.

당연히 무슨 일이 있을 때마다 그들은 기업 편을 들어 줬지 노동자 편을 들어 주지는 않았다.

"저 새끼들, 어용이라고! 알아!"

"그래, 어용이겠지. 그래서 뭐? 최소한 양심적인 어용이잖

아. 그러는 너희는 어용 아니었나?"

피식 비웃는 남자.

그는 남궁찬수를 스치고 지나가면서 어깨를 툭 쳤다.

"아, 그리고 아까 20%라고 꽤나 당당하게 말하던데, 내가 봐서는 그 숫자 확실하게 확인하는 게 좋을 것 같은데."

"뭐?"

"그래도 명색이 노조 위원장인데 자기 노조 소속이 몇 명이나 되는지는 알아야 할 거 아니오. 요즘 탈퇴 광풍이 불던데."

히죽거리면서 웃은 남자가 멀어지자 남궁찬수는 다급하게 노조 사무실로 달려갔다.

사무실로 들어가는 순간, 사색이 되어 서 있는 부하 직원들의 모습이 보였다.

"위…… 위원장님……."

"이게 뭐야……. 어떻게 된 거야?"

책상 가득 쌓여 있는 서류들.

그건 누가 봐도 노조 탈퇴서였다.

한데 한두 장이 아니었다.

족히 몇백 장은 되는 양이었다.

"노조원들이…… 대량으로 탈퇴하고 다른 쪽으로 옮겨 갔습니다."

"어째서!"

"그게…… 소문이……."

"소문?"

"회사에서, 다른 두 개 노조의 요구 때문에 결국 우리들에 대한 수사를 맡길 수밖에 없다고⋯⋯."

남궁찬수는 순간 휘청거렸다.

그건 말도 안 된다.

자신이 누군데? 자신은 노조 위원장이다.

그런데 자신을 조사한다고?

"누구 마음대로! 이거 노조 파괴 행위야!"

"하지만⋯⋯."

부하는 아무런 말도 하지 못했다.

이건 노조 파괴 행위라고 보기도 애매하다.

회사에서 처벌하려고 하는 게 아니라, 다른 노조에서 요구하는 사항이다.

그들이 파업을 할지 안 할지는 모르지만, 그들의 요구를 무시하는 것은 상당히 부담스러운 일일 수밖에 없다.

"당장 노조원들을 모아! 본사에 가서 항의해야겠어!"

남궁찬수는 소리를 질렀다.

이대로 무너질 수는 없었다.

당장 일개 직원의 말을 듣고 정규직화를 단행한 유민택이다.

그러니 노조 위원장인 자신이 가서 말하면 들어줄 것이다.

그는 그렇게 생각했다.

그렇게 믿고 싶었다.

하지만 그런 기대는 터무니없이 무너졌다.

"위원장님…… 노조원이…… 없습니다."

"뭐라고?"

"지금 우리가 가진 노조원은…… 1% 이하입니다."

"1% 이하라고?"

"네. 0.5% 정도입니다."

"그게 무슨……?"

남궁찬수는 자신의 귀를 의심했다.

0.5%.

그가 알기로는, 그 수치는 일반 노조원 없이 대위원이나 노조 위원 정도만 포함된 것이다.

그러니까 일반 노조원은 모조리 탈퇴했다는 뜻이다.

노조원이 없는 노조는 노조가 아니므로 힘이 없다.

더군다나 대위원이나 노조 위원은, 그들의 요구에 따라 수사의 대상이다.

"말도 안 돼!"

그는 부들부들 떨었다.

이럴 수는 없었다.

그는 갑자기 몸을 돌려서 어디론가 뛰어갔다.

그리고 그곳에 있던 직원을 강제로 끌어냈다.

"어억! 당신 뭐야!"

"꺼져! 꺼지라고!"

그는 직원을 밀어내고는 문을 잠갔다. 그리고 다급하게 방송실로 뛰어가 내부 방송 마이크를 켰다.

"친애하는 동지 여러분! 지금 사 측의 노조 파괴 행위가 벌어지고 있습니다. 도와주십시오! 이는 명백한 노조 파괴입니다! 저들은 어용 노조입니다! 저들을 몰아내 주십시오! 우리를 도와주십시오!"

점심 시간의 음악 방송을 준비하던 직원은 다급하게 사람들을 불렀고, 열쇠를 가져와 잠긴 문을 열었다.

"저거 끌어내!"

"놔! 놓으라고! 여러분! 노조를 도와주십시오! 노조 파괴가 벌어지고 있습니다! 여러분!"

발버둥을 치는 남궁찬수.

그의 목소리는 마이크를 타고 사내로 퍼졌다.

그 소리에 사람들이 모여들었고, 끌려 나오던 그는 얼굴이 환해졌다.

그들이 도와줄 거라 믿었다.

자신은 노조 위원장이니까.

노조를 위해, 노동자를 위해, 열심히 노력했으니까.

그러나…….

"지랄하네."

"지랄도 풍년이다."

"염병, 개지랄."

주변에는 그저 비웃음만이 가득했다.

그렇게 남궁찬수는 노동자들의 비웃음을 받으면서 회사 바깥으로 끌려 나갔다.

"나는! 노조 위원장이야! 이건 노조 파괴 행위야!"

그의 절박한 외침에 동조하는 사람은 단 한 명도 없었다.

"아주 개판이더만."

유민택은 조사 결과를 보면서 착잡한 표정으로 말했다.

"인사 청탁은 기본이고 공금횡령에, 뇌물에, 접대에……."

공식적으로는 다른 노조의 요구 때문에 어쩔 수 없이 진행된 조사다.

하지만 현실적으로 그 조사의 결과는, 실로 터무니없었다.

"심합니까?"

"심해? 심한 정도가 아니라 당혹스럽네."

"어느 정도이기에……?"

"성화전자가 대룡으로 넘어온 이래로, 지금까지 입사자가 이백서른 명일세."

"그런데요?"

"그런데 청탁이 아닌 놈이 단 한 놈도 없어."

"허?"

그건 생각지도 못한 말이었다.

"더군다나 청탁도 공짜가 아니야."

"네?"

"한 명당 적게는 5천, 많게는 1억씩 받아 챙겼더군."

"미쳤군요."

연봉 1억짜리 직장이다. 그러니 누구든 그 돈을 주고서라도 입사하려고 했을 것이다.

그걸 노조에서 받아서 나눠 먹고, 인사 담당자에게도 뿌린 것이다.

"이번 일이 아니었다면 모르고 넘어갈 뻔했어."

물론 청탁으로 인한 취업을, 유민택도 해 주는 경우는 있다.

하지만 그건 어디까지나 기업의 이득과 정치권 등의 인맥 관리 등을 위해 하는 거고, 그 인원도 많아 봐야 서너 명이다.

그런데 무려 이백서른 명.

노조가 회장보다 더 많이 해 먹은 것이다.

"최소로 잡아도 100억 이상 해 처먹은 거지. 어쩐지 발악을 하더라니."

그 돈을 다 털리게 생겼으니 발악할 수밖에.

"대룡에 넘어와서 그 정도니, 성화 시절에는 당최 어땠는지 모르겠군."

고개를 절레절레 흔드는 유민택.

아무래도 이번 사건으로 내부 인사 시스템에 피바람이 한

번 불 것을 예고하는 듯한 얼굴이었다.

"덕분에 큰 청소를 편하게 했네."

"덕분은요."

노형진은 유민택의 말에 씩 웃었다.

어차피 돈 받고 하는 일이다.

"하나만 기억해 주시면 됩니다."

"어떤 건가?"

"한국에서는 복수 노조가 인정됩니다."

노형진의 말에 유민택은 살짝 미소 지었다.

"무슨 뜻인지 알겠네. 자네가 무서워서라도 조심해야겠 군, 허허허."

이번에 만들어진 노조는 어용 노조다. 그건 부정할 수 없 는 사실이다.

만일 그걸 이용해서 노동자들에게 장난치려 한다면, 다른 노조를 만들어서 싸우겠다는 노형진의 가벼운 협박.

그걸 유민택이 못 알아들을 리 없었다.

"그래, 조심해야지."

유민택의 말이 정말 진심인지, 언젠간 알게 되리라.

노형진은 그렇게 생각했다.

대룡의 노조 문제가 해결된 후, 상황은 그나마 나아지는 듯했다.

황제 노조, 아니 범죄자 노조가 저지른 패악은 어마어마하다 못해서, 어지간한 기업 이상의 수익을 범죄로 얻어 내고 있었으니까.

"가지 가지 한다."

"그러게."

사실 강성 노조가 있는 기업은 자연스럽게 직원에 대한 복지가 강화된다.

그런데 대룡전자, 아니 구 성화전자 노조는 그걸 모조리 독식하는 것도 모자라서 서류 조작을 하는 경우도 많았다.

"돈 받고 취업시켜 준 건 그냥 애교네, 애교."

노조에서 보내는 조의금이나 축의금 항목을 조작해서 받아 내기도 했고, 회사에서 지급하는 학자금을 횡령해서 자기들끼리 나눠 쓰기도 했다.

"성화에서 들었던 버릇을 못 고친 거지."

노형진은 고개를 절레절레 흔들었다.

성화는 노조원과 비노조원의 계급 차이를 만들어서 서로 싸우게 만드는 방식으로 통제했고, 그 때문에 그들이 저지르는 범죄를 모른 척해 왔던 것이다.

"그나마 멀쩡해졌다고 해야 하나."

손채림은 어깨를 으쓱했다.

"멀쩡? 글쎄…… 일단 거기는 멀쩡해지기는 했는데."

노형진은 한숨을 푹 쉬었다.

뭐 하나 해결되어 숨 좀 돌릴 만해지면 바로 다른 게 생기는 건 또 뭐란 말인가?

이번에도 역시 노조 문제다.

하지만 지난번 사건과 다르다. 그냥 다른 것도 아니고, 아예 정반대다.

"기회다 싶은 거 아니겠어?"

"그건 알겠는데 말이지."

노형진에게 온 사건.

그건 다름 아닌, 다른 기업에서 벌어지고 있는 노조 파괴

사건이다.

노조 파괴란, 기업 차원에서 노조를 파괴시키고 노동자들을 마음대로 지배하려고 하는 것을 뜻한다.

"우연치고는 고약하지?"

얼마 전 황제 노조 하나를 날려 버렸는데 이번에는 정반대로 노조를 지키기 위해 싸워야 하다니.

손채림은 그게 왠지 이상하다는 듯 피식 웃었다.

하지만 노형진은 결코 우연이라고 생각하지 않았다.

"우연이 아니야."

"응? 그럼?"

"이건 우연이 아니라 필연, 아니 당연한 일이라고 해야 하지 않을까?"

"그게 무슨 소리야?"

"지금 세상이 노조에 대해 어떻게 생각해?"

"그거야……."

손채림은 고개를 갸웃했다.

안 그래도 대한민국은 노조라는 것, 노동운동이라는 것에 대해 상당히 부정적으로 보는 성향이 강하다.

웃기게도, 국민의 대다수가 노동자인데 정작 노동운동을 하는 노조를 나쁘게 본다는 것이다.

"하긴, 그렇다고 해도 요즘은 전보다 훨씬 시선이 나빠지기는 했지."

대룡전자의 황제 노조 사건.

그 사건이 언론에 나가면서, 사람들이 노조라는 존재에 대해 더욱더 부정적으로 보게 되었다.

"그리고 그 기회를 노리려는 놈이 없겠어?"

"어? 아…… 그렇겠네."

인간은 극단적이다.

중간에서 냉철하게 판단해야 하는데, 저놈이 나쁜 놈이니까 비슷한 일을 하는 다른 놈도 당연히 나쁜 놈일 거라고 생각하고 선입견을 가진다.

"노조를 파괴하려고 하는 놈들 입장에서는 지금이 기회야."

"하긴, 지금 노조라고 하면 사람들이 색안경을 끼고 보고 있기는 하지."

손채림은 고개를 끄덕거렸다.

"웃긴 일이지. 노조가 존재해서 그나마 이만큼 균형이 잡혀 있는 건데 말이야."

"어쩌겠어. 한국에 합법 파업이라는 말은 없잖아?"

"그거 인정."

손채림의 말에 노형진은 고개를 끄덕거렸다.

사실 파업은 법적으로 인정된 노동권이다.

즉, 합당한 이유와 합당한 과정을 거치는 파업 행위는 합법이고, 전혀 문제가 없다.

"하지면 현실은 시궁창이라고 하지."

아무리 합법적인 과정과 이유가 있어도, 정부와 언론은 불법이라는 딱지를 붙여 버린다.

오죽하면 대한민국 역사상 합법 파업은 단 한 번도 존재하지 않는다는 비웃음까지 나올 정도다.

정부와 언론이 그렇게 언플을 해 대는 바람에 대다수의 국민들은 파업이 완전 불법이라고 생각한다.

하지만 법적인 과정을 제대로 거친 파업은 합법이다.

"어찌 되었건, 이번 사건은 상당히 곤란한 일이기는 하네."

"그러게."

노형진은 머리를 긁었다.

"그런데 그림이 좀 웃기지 않아? 그냥 다른 사람에게 맡기면 안 되나?"

얼마 전에 노조 하나를 날려 먹었는데 이번에는 노조를 지켜야 하다니.

"아니야. 그래서 내가 이번 사건을 달라고 한 거야."

"달라고 한 거라고?"

"그래. 사건 자체의 난이도도 높지만, 지난번 사건으로 인해 우리가 엉뚱한 시선을 받을 수도 있거든."

"엉뚱한 시선?"

"인간은 극단적이라고 아까 그랬잖아."

"아······."

대룡전자 노조의 경우는 그 자체가 범죄 집단이나 다름없다.

하지만 외부에서 봤을 때, 까딱 잘못하면 새론이 대룡의 부탁을 받고 노조를 날려 버린 것처럼 보일 수 있었다.

"친서민 기조를 유지하는 새론 입장에서는 상당히 부담스러운 시선이지."

"그래서 정반대 사건을 해결함으로써 균형감을 보이려고 하는 거구나."

"그래. 그건 법적으로 아주 중요한 사항이고, 균형감을 잃어버린 변호사는 그 끝이 별로 좋지 않거든."

노형진은 그렇게 말하면서 서류를 다시 살폈다.

자신이 하겠다고 했으니 확실하게 이겨야 한다.

'더군다나 이번에는 질 수도 없지.'

단순히 져서 승률이 낮아지는 것이 문제가 아니다. 그런 건 신경도 쓰지 않는다.

문제는 균형감.

'만일 여기서 져 버리면, 고의로 진 거 아니냐는 소리가 나오겠지.'

그렇게 되면 새론의 정치적 중립성에 타격이 간다.

안 하느니만 못한 셈이 되는 것이다.

노형진은 그렇게 둘 수 없었다.

"그러니까 일단은 사건에 집중하자. 회사 이름이 도건화학이라고 했지?"

"그래, 도건화학. 중소 규모는 아니야. 연 매출 500억, 근무자들은 4천 명."

대기업 규모는 아니지만 절대 작은 규모의 기업도 아니다.

그런 곳에서 노조 파괴를 시도하고 있는 것이다.

"일단 도건화학 노조는 상당히 강성으로 소문이 났어. 아무래도 업무상 그럴 수밖에 없는 것이겠지."

"백혈병 사건 말이지?"

"그래."

도건화학은 상당히 오래된 기업이다.

아버지가 세우고 아들이 물려받은, 전형적인 한국형 기업.

"아버지가 운영하던 시절에 그곳에서 백혈병이 발병했지."

특정 공정에서 일하던 직원의 20%가 발병했고, 백혈병까지는 아니어도 남자 직원의 20%, 여자 직원의 10%가 불임 판정을 받았다.

쉽게 말해서 직원 중 50%에게 어떠한 질병이 발생한 셈이다.

상식적으로 말이 안 되는 일이었다.

"그 당시에 노조가 피해자들 편에 서서 싸웠지."

그 전에는 딱히 강성 노조는 아니었다.

하지만 무려 50% 피해율에도 불구하고 회사는 자기들 책임이 없다면서 발뺌했기에, 노조가 들고일어날 수밖에 없었다.

"결국 3심까지 가서 이겼지."

화학 공정을 하다 보면 유독한 화합물이 발생할 수밖에 없다.

그런데 그걸 막기 위한 최소한의 안전 대책도 없었다.

물론 안전복을 주기는 했다. 하지만 제대로 된 안전복이 아니었다.

화학물질용 안전복이 아니라 먼지 방지용 안전복이었고, 마스크 역시 일반적으로 쓰이는 감기용 마스크였다.

당연히 화학물질을 막는 능력 따위는 없었다.

"그 사건으로 노조와 회사는 사이가 틀어졌지."

그 사건을 해결하기 위해 도건화학은 어마어마한 돈을 써야 했다.

거기에다가 방지 장치를 만들기 위해서도 상당한 돈을 써야 했고.

거의 2년 치 순이익을 그 사건으로 날린 셈이었다.

"노조 입장에서는 믿음이 깨진 셈이고 말이지."

"그래."

말로만 가족이라고 하고, 가족이 죽어 나가는데 돈 때문에 방지 장치를 하지 않으려고 하는 사장을 좋아하는 사람은 없다.

"그때 초대 사장인 김도건이 한 말이 아주 가관이기는 했지."

"너 알아?"

"아무래도 유명한 사건이었잖아."

그는 법정에서 불임 환자가 그렇게 많이 발생한 것에 대해, 전국에 있는 고자 새끼들이 우리 회사를 노리고 취업했다는 희대의 망언을 했다.

"그런데 그게 벌써 25년 전 사건이야. 그런데 이제 와서 노조에 대한 보복을 한다고?"

노형진은 고개를 갸웃했다.

물론 사이가 안 좋을 건 예상하고 있다.

하지만 벌써 25년 전 사건이다. 그런 일이 있던 기업이니 노조가 강성으로 갈 수밖에 없는 건 이해한다만.

"그건 그냥 틀어진 이유였고. 뭐, 그 이후에도 사사건건 부딪치기는 했지만 크게 부딪친 건 아니었던 모양이야."

워낙 언론의 질타를 많이 받았던 사건인지라 회사 입장에서도 부담스러웠고, 강성 노조라고 해도 결국 회사에 속한 처지인지라 회사가 망하는 최악의 사태만은 피하려고 했으니까.

"그런데 왜 갑자기 극단적인 공격 문제가 된 거야?"

뭔가 바뀐 것이 있으니 갑자기 노조 파괴를 하려는 것 아니겠는가.

"새로운 공장이 생겼거든."

"그런데? 뭐, 해외 공장이라도 차린대? 그런데 그런 문제는 아무리 노조라고 해도 어찌 못 하는데."

해외 공장 설립은 노조의 문제가 아니라 기업의 선택 사항이다.

기업이 자선 업체도 아니니, 결국은 수익을 내기 위해 해외에 가야 하니까.

"해외 공장은 아니야. 그런데 좀 멀기는 하지."

"어딘데?"

"강원도."

"강원도? 그게 문제가 돼?"

"그게 말이야, 이 새끼들이 장난치는가 봐."

새로운 공장이 생겼다.

완전히 다른 별개의 공정으로 작업하는 신규 공장이었다.

기존에 있던 부지는 이미 장비로 꽉 차 있으니 다른 곳에 공장을 만드는 것은 이상하지 않은 일이다. 그런 일이야 흔하니까.

"그런데 그곳에 있는 아이들이, 고아 같은 애들이 많은가 봐."

"뭐? 고아? 잠깐, 그거 설마 대룡을 따라가는 거야?"

대룡이 그러한 아이들과 가출 청소년들에게 숙식과 학업을 지원해 주고 일정 기간 싼 가격에 고용하는 것은 수익 면에서 상당한 이득이었다.

그뿐만 아니라 사회적으로 올바른 기업이라는 이미지도 얻을 수 있고 말이다.

"그런가 봐."

"그게 문제가 되는 건 아닐 텐데? 그걸 막으려고 하는 거면, 대룡전자 노조랑 다를 게 없는 꼴인데."

"그걸 막으려는 건 아니야."

시대가 바뀌고 새로운 장비가 나오면 그걸 들여오는 건 당연한 일이다.

대룡과 비슷하지만 전혀 다른 상황.

"어차피 공장이 새로 생긴다고 해서 자기들이 입을 타격은 없대. 취급하는 물질도, 최종 결과물도 전혀 다르니까. 그냥 신규 공장인 거지."

"그런데 왜?"

"그곳에 노조를 이미 만들었어."

"뭐?"

"어용 노조를 만든 거지."

"으음……."

안 봐도 뻔하다.

본사 노조에 어마어마하게 학을 뗀 경험이 있으니 그런 일을 막기 위해서라도, 그쪽에다가 어용 노조를 만들어서 일하는 아이들을 지배하려고 했을 것이다.

거기에다 근로자도 고아 출신의 아무것도 모르는 아이들이라고 하니 지배하기는 더 쉬웠을 테고 말이다.

"어차피 복수 노조가 가능하잖아. 어용이랑 상관없이, 만들었으면 그만 아니야?"

"그게 문제야."

손채림은 머리를 긁었다.

"회사에서는 그걸 막기 위해 다툼이 생긴 모양이야. 결국은 양측 다 폭발해서 싸움이 제대로 붙은 거지."

"흠……."

노형진은 턱을 스윽 문질렀다.

노조 입장도 회사 입장도, 이해가 간다.

사실 이런 문제는 누가 나쁘다고 말할 수 없다.

둘 다 어느 정도 이해가 가는 상황이니까.

"꼭 나쁜 일이 생기라는 법은 없잖아. 일단 두고 보다가 나쁜 일이 생기면 고치면 되는 거 아냐?"

"처음에는 그러려고 했대. 그런데 새 공장에서 이루어지는 공정에 문제가 있나 봐."

"공정?"

"그래. 그게, 기계를 중국에서 도입해 온 모양인데……."

노형진은 고개를 갸웃했다.

중국은 한창 성장 중인 곳이다. 당연히 엄청난 양의 기계를 구입하면 모를까, 판매하는 경우는 드물다.

더군다나 화학 공정 같은 경우는 더더욱 그렇다.

그런데 판매라니.

"중국에서 만든 거야?"

"중국에서 쓰던 건가 봐."

"그런데?"

"그걸 쓰던 공장에서 사고가 있었어."

"뭐?"

"아니, 사고라기보다는, 방치라고 해야 하나?"

"잠깐만, 방치라고 하면 설마?"

"데자뷔?"

"끄응……."

노형진은 머리를 부여잡았다.

중국은 인구가 많다. 그래서 그런지 인명 경시도 심하다.

그런 곳에서 제대로 된 안전장치를 할 리 없다.

그런데 데자뷔라고 했다는 것은, 결국 화학물질로 인해 일이 터졌다는 소리다.

"그리고 그런 중국에서조차 쓰지 못할 만큼 제대로 된 장비가 아니라고 하니까 노조에서는 난리가 난 거구나."

인명 경시가 그렇게 심한 중국에서조차 더 이상 쓸 수 없다고 판단한 물건이라는 소리다.

당연히 그 문제가 심각할 수밖에 없다.

"그래."

최소한의 화학물질 안전장치도 없다.

당연히 그걸 쓰면 25년 전의 그 사건이 다시 발생할 수밖에 없는 상황이다.

"그리고 이번에는, 누구도 지켜 주지 않겠지."

아이들은 대부분 고아 출신이다.

가족이 있고 없고의 차이는 어마어마하다. 그렇다 보니 회사를 때려치우고 나가도 갈 곳이 없는 아이들이 대부분이다.

게다가 노조도 어용 노조라면, 소송을 하게 될지라도 아이들이 아니라 기업 편을 들어 줄 것이다.

"25년 전이라고 하지만 소송해서 이기는 데 3심까지 갔고 시간만 5년이 걸렸었지."

노형진은 심각한 얼굴이 되었다.

그나마 이기는 했지만 개개인에게 충분한 배상이 된 것도 아니다.

기업 입장에서야 한꺼번에 엄청난 돈이 나갔겠지만, 그걸 나눠 가질 사람이 너무 많았던 탓이다.

"이번이라고 달라질까?"

손채림은 안쓰럽다는 듯 말했다.

"미친 새끼들."

노형진은 절로 욕이 나왔다.

그 모든 걸 맞춰 보니 답이 나왔다.

"아예 작정하고 시작한 거구면."

"그러겠지. 고아라고 하면 가족도 없으니, 일이 터져도 같이 싸워 줄 사람도 없으니까."

가족이 있으면 서로 다독거리면서 계속 싸워 나갈 수 있다.

하지만 고아는 그럴 수가 없다.

당장 간단하게 생각해 봐도 그렇다.

만일 백혈병에 걸리면?

소송을 하면서, 다른 가족이 벌어 온 돈으로 치료하고 먹고살면서 싸워 볼 수 있다.

하지만 고아들은?

그냥 죽으라는 거다.

거기에다 가족도 없으니 보상금도 터무니없을 테고.

동료들도 고아들이니 싸울 수도 없다. 쫓겨나면 갈 곳이 없으니까.

"산업적으로 보면 그게 훨씬 돈이 되겠지."

노형진은 알 것 같다는 듯 말했다.

"하지만 사람으로서는 해서는 안 되는 일이지."

"그래, 그건 노조 측도 마찬가지고."

고아원에서 나오는 아이들의 나이는 열아홉 살이다.

일반적인 직장인들이 보기에는 그냥 아들딸 같은 아이들.

"그런 애들이 백혈병으로 죽고 그 나이에 불임 판정을 받는다고 생각해 봐."

"노조가 그냥 안 넘어가겠네."

"그래서 결국 이렇게 된 것 같아."

노조는 절대로 용납 못 한다는 거고, 회사는 전혀 다른 공장이므로 노조의 동의가 필요 없다는 식이다.

그 상황에서 대룡 노조의 사건이 터졌고, 안 그래도 강성으로 소문난 도건화학이니 이참에 노조를 날려 버리려고 덤비는 것이다.

"아무래도 이번 사건은, 확실한지 여부를 먼저 확인해 봐야겠어."

양측의 말을 다 들어 봐야 하겠지만, 만일 이번 사건이 사실이라면 심각한 문제였다.

"노형진 변호사입니다."

일단 노조에서 변호사를 구하는 것은 비공식적이기 때문에, 노형진은 비밀리에 은밀한 장소에서 노조와 접촉했다.

"도건화학의 노조 위원장을 맡고 있는 박운현이라고 합니다."

나이가 쉰쯤 되어 보이는 굳건한 남자는 거친 손으로 노형진의 손을 잡았다.

"일단 들어가서 이야기하지요."

노형진과 박운현이 만난 곳은 외부에 있는 커피숍이 아니라 은밀한 곳에 있는 별장이었다.

"이렇게까지 해야 합니까?"

노형진은 고개를 갸웃하며 물었다.

변호사를 만나는 것이 불법도 아니고 말이다.

하지만 박운현은 걱정스럽다는 듯 고개를 흔들었다.

"그놈들이 무슨 짓을 할지 모르는 놈들이라서요."

"그래요?"

"주요 임원들에게 사람을 붙여서 감시 중입니다."

"크흠…… 심각하군요."

"제대로 붙어 보려고 하는 겁니다. 아마 이번에는 적당히 끝낼 생각이 없어 보입니다."

임원이라는 것이 회사 임원은 아닐 테니 결국 노조 임원을 뜻할 수밖에 없다.

한데 그런 이들에게 사람을 붙였다는 것은, 불법 사찰을 해서라도 상대방의 약점을 잡겠다는 뜻이다.

"곤란하군요."

노형진은 약간 곤란한 표정이 되었다.

"왜?"

손채림은 고개를 갸웃했다.

그걸 고발하면 되는 거 아닌가? 그런데 곤란하다니?

하지만 노형진이 곤란하다고 한 건 사찰이 아니라 마음가짐의 문제였다.

"구조적인 문제거든."

"구조적인 문제?"

"기업은 노조를 파괴해도 손해 보는 게 없어. 아니, 도리어 이득이지. 하지만 노조는 절대로 기업을 파괴하지 못해. 왜냐하면 노조의 기반이 기업이니까. 그러니까 두 집단이 끝장을 볼 각오로 싸우기 시작하면 불리한 건 노조지."

"아……."

손채림은 노형진의 말에 눈을 찌푸렸다.

이미 회사의 입장은 결정된 상황이다.

애초에 몇 번이나 협상 자리를 마련했지만 회사 측은 말도 안 되는 요구만 해 왔으니까.

"그래서 변호사님에게 도움을 요청하려고 하는 겁니다. 하지만 노 변호사님을 선임한 걸 알면, 저쪽도 대응책을 강구할 것 같아서요."

"제가 아니라도 할 겁니다."

"네?"

"저들도 바보는 아닐 테니까요."

분명히 노조 측도 변호사를 선임할 거라고 생각할 것이다. 그러니 이미 준비에 들어갔을 것이다.

"그런데 이해가 안 가는 게 있습니다."

"뭔데요?"

"도대체 왜 그딴 물건을 수입한 겁니까? 아니, 최소한의 안전장치도 없다는 게 이해가 안 가는데요?"

요즘은 그런 장비를 만드는 조건이 까다롭다.

더군다나 공장은 아무나 만들 수 있지만, 그 공장에 들어가는 장비는 아무나 만들 수 없다.

가령 공장이 중국에 있다고 해도 그 공장에 들어가는 장비는 미국이나 독일에서 만드는 것이 보통이다.

"중국이니까요."

"네?"

"중국은 일단 살 때 가장 싼 가격에 가지고 오려고 합니다. 그리고 그러다 보면 안전장치 부분이 빠지기 마련이지요."

이것이 법이다

한국도 한창 발전할 때는 겪었던 일이다.

한 푼이라도 아끼기 위해 안전장치를 빼고 사 오는 것이다.

그리고 지금의 중국은 한창 발전하는 데 비해 인명 경시 풍조가 아직도 남아 있다. 그러니 안전장치를 빼고 사 올 수밖에.

"그러면 안전장치를 추가하면 되는 거 아닙니까?"

노형진의 질문에 박운현은 어깨를 으쓱했다.

그게 가능하다면 이런 일도 터지지 않았을 것이다.

"그건 여러모로 복잡합니다."

일단 시중에서 기계의 안전장치만 따로 파는 곳은 없다.

보통 세트로 거래되니까.

그 말은, 안전장치를 추가하려면 아예 그 장비 자체를 새로 주문해야 한다는 것이다.

"당연히 중고 매물 따위가 있을 리 없지요."

기계를 중고로 샀는데 새 물건을 사서 안전장치를 달아야 한다면 손해가 막심해진다.

"더군다나 안전장치라는 게 무슨 핸드폰이랑 컴퓨터 연결하는 것처럼, 선 하나 쿡 꽂는다고 되는 게 아니거든요."

장비도 분해해서 재결합해야 하고 시스템도 바꿔야 한다. 당연히 통제 프로그램도 새로 깔아야 하는데, 그런 전문 프로그램은 수십억씩 하는 경우가 허다하다.

"그러니 안 하는 겁니다. 아마 그걸 제대로 다 하려면 공장을 세우는 비용이 세 배, 아니 네 배까지 뛸걸요."

"끄응……."

결국 그 돈을 아끼기 위해 사람 목숨으로 대신하겠다는 것이다.

차라리 그쪽이 싸게 먹히니까.

"미쳤군요."

"미쳤습니다, 그 새끼. 지 아비보다 더했으면 더했지 결코 덜하지는 않은 놈이에요."

창립자는 김도건이지만 지금의 대표는 김양술이다.

그리고 그는 돈이라면 눈이 벌게지고 노조라면 이를 박박 간다.

'당연하지.'

김도건이 그렇게 당하고 나서 매일같이 김양술에게 노조는 악의 축이라고 가르쳤을 테니까.

거기에다 스스로 성공한 김도건과 다르게, 김양술은 갑으로 태어나서 갑으로 자라났다.

그런 이들은 종종 다른 사람들에 대한 공감 능력이 떨어지기도 한다.

그래서 재벌 2, 3세들이 그렇게 사고를 치고 다니는 것이고.

"결국 싸움은 피할 수 없겠군요."

"우리가 피하고 싶어도 저쪽은 이미 일전을 준비하고 있습니다."

"뭐 바뀐 게 있나 보군요."

"태양컨설팅과 계약했다는 이야기가 나왔습니다."

"태양컨설팅?"

노형진은 고개를 갸웃했다. 처음 들어 보는 이름이었다.

그런데 그 말을 듣자마자 손채림이 눈을 확 찌푸렸다.

"하필이면……."

"뭐야? 넌 아는 거야?"

"알기는 알지."

손채림은 한숨을 푹 쉬었다.

다른 곳도 많은데 하필이면 그곳이라니.

"아니, 당연하다면 당연한 건가?"

"나한테 이야기 좀 해 주지? 그래도 일단 이번 사건의 담당 변호사인데."

"태양컨설팅, 딱 들어 보면 모르겠냐?"

그러고 보니 손채림과 관련된 태양이라는 곳이 한 곳이 있다.

"법무 법인 태양? 하지만 그건 법무 법인이고 이건 컨설팅이잖아."

"어…… 그렇기는 한데, 기업으로 보면 계열사야."

"계열사?"

"그래. 공식적으로는 별개지만, 일단은 여러 가지 업무를 같이 하니까."

쉽게 말해서 법무 법인 태양에서 만든 기업이라는 소리다.

"그런데 왜 한숨을 쉬는데?"

"그곳이 좋게 말해서 컨설팅이지, 너처럼 기업 잘 살리고 사업 잘되게 해 주는 그런 곳이 아니야. 그런 곳이면 내가 한숨도 안 쉬지."

"그러면?"

"그들이 잘하는 건 단 하나야. 노조 파괴."

노형진은 눈을 찌푸렸다.

'그러고 보니 그런 곳이 있었지.'

전문적으로 노조 파괴를 하는 곳.

그런 곳들이 있다는 것을 노형진도 들어서 알고는 있었다.

노형진이 뭘 생각하는지 알아챈 손채림은 한숨을 쉬며 말했다.

"거기에다 아주 전문적인 곳이지."

"염병할."

다른 곳도 아니고 태양이 붙어서 도와준다면, 어쭙잖은 곳과는 전혀 다를 것이다.

"동종 업계 부동의 1위죠."

박운현은 씁쓸하게 웃으며 말했다.

"그들과 계약했다면, 목적은 한 가지뿐입니다. 어떻게든 우리 노조를 파괴하겠다는 것이지요."

박운현은 걱정스럽게 말했다.

사실 노조에서도 말이 많았다.

지금까지 수많은 노조가 그들에게 대항했지만 결국 패배하고 노조 파괴를 당했다.

　그런데 자신들이라고 버틸 수 있을까?

　"이런, 이런……."

　전혀 생각하지 못한 상황에 노형진은 잠깐 고민했다.

　그리고 박운현을 바라보았다.

　"그러면 일단, 알려 드려야 할 게 있군요."

　"네?"

　노형진이 무슨 말을 하려고 하는지 알아차린 손채림은 미안한 듯 고개를 숙였다.

　하지만 노형진은 그런 그녀의 손을 잡으며 진정시켰다. 그녀의 잘못이 아니니까.

　"태양컨설팅이라면 법무 법인 태양과 사이가 좋겠지요. 아니, 거의 한 몸일 겁니다."

　"그건 저도 알지요."

　아무래도 이번 사건이 닥치자 알아본 것인지, 박운현은 안다는 듯 고개를 끄덕거렸다.

　"그러면 확실하게 아셔야 할 게 있습니다. 사건과 관련해서 중요한 사항이니까요. 만일 그게 문제가 되어서 위임을 철회하신다면 계약금은 다 돌려드리겠습니다."

　"네? 어떤 것이기에……?"

　"사실은……."

노형진은 잠깐 손채림을 바라보다가 다시 박운현에게 고개를 돌리고 말했다.

"여기에 있는 손채림 양은 법무 법인 태양의 대표인 손하균 씨의 외동딸입니다."

"네에?"

박운현은 당황해서 손채림과 노형진을 바라보았다.

"그 말이 사실인가요? 그게……."

"이런 걸로 거짓을 말할 만큼 전 한가하지 않습니다. 그리고 이게 얼마나 중요한 일인지도 알고 있고요."

사건 당사자 입장에서는 목숨이 걸려 있는 일이다.

당연히 변호사는 한 점의 의혹도 남겨서는 안 된다.

그런데 그걸 이야기하지 않았다가 나중에 문제가 생겨서는 안 된다. 돈이 아니라 믿음의 문제이니까.

"그런데 왜…… 새론에서……?"

당황한 박운현은 어이가 없었다.

아버지가 법무 법인 태양의 대표라면 당연히 태양에서 일하는 것이 정상이다. 그런데 새론에서 일하고 있다니?

"뭐, 같은 곳에서는 일을 못 배우거나 하는 것 때문에 그런 겁니까?"

"그런 거라면 얼마나 좋겠습니까마는……."

노형진은 그냥 말을 흐렸다.

그때 손채림이 마음먹은 듯 나서서 입을 열었다. 손하균과 자신이 관계가 없다는 듯이 말이다.

"쫓겨났어요."

"쫓겨났다고요?"

"네. 제가 그의 말을 거부했거든요."

"고작 그런 이유로요?"

"고작이 아니에요. 그에게는 그게 전부죠."

"으음……."

쫓겨났다고 하지만 그래도 딸은 딸이다. 혹시나 태양에 도움을 주지 않을까 하는 걱정.

손채림은 그런 그의 걱정을 알고 있기 때문에 더욱 적극적으로 나섰다.

"뭘 걱정하는지 알고 있어요. 하지만 그런 일은 벌어지지 않을 거예요. 이미 노 변호사는 태양을 여러 번 엿 먹였거든요."

"오호, 그래요?"

의외라는 듯 노형진을 바라보던 박운현이 문득 의미심장한 표정을 지으며 고개를 끄덕였다.

"하긴…… 한창 좋을 때이지요. 두 분의 열정이 대단하군요."

"네?"

"아닙니다, 하하하."

"뭐가 좋다는…… 아……?"

"뭐, 그렇게 확신하신다니 맡아 주십시오. 저희는 노 변호사님을 믿겠습니다."

"감사합니다. 그런데 뭔가 오해하신 듯한……."

노형진이 변명하려고 했지만, 손채림은 그의 옆구리를 쿡 찔렀다.

"아하하하……."

노형진은 손채림을 보고 왠지 어색하게 웃어야 했다.

파괴를 파괴한다

"얼토당토않은 오해를 받은 것 같은데."

"오해고 나발이고, 일이 우선 아니야?"

"음…… 그렇기는 한데……."

노형진은 손채림을 슬쩍 바라보았다.

눈에서 불을 뿜고 있는 걸 보니, 아무래도 자기 아버지한테 엿을 제대로 먹이고 싶은 모양이었다.

"그래, 일이 우선이지. 특히나 지금 같은 상황에서는."

새론 입장에서도 이미지 관리가 중요한 시점이다.

더군다나 이번 사건은 지면 한두 명 다치는 걸로 끝나지 않는다.

여럿이 죽을 수도 있고, 수많은 사람들이 암이나 백혈병에 걸리거나 불임이 될 수도 있다.

"일단 저들의 방법을 차단하는 데 주력해야겠어."

"어떻게?"

"저들이 쓸 방법은 뻔하거든."

"어떤 건데?"

"첫 번째는 민사소송이겠지."

어떤 조직이든 그곳을 이끄는 사람들은 일부이고, 나머지는 따라다니는 형국에 가깝다.

그러니 그들을 제압하면 뒤따라다니는 사람들은 방향을 잃어버리고 우왕좌왕하게 된다.

"특히나 그들에게 본을 보이는 방법은 많이 쓰이지. 우리에게 저항하는 것은 죽음이라는 거지."

"좋게 말하면 일벌백계이고, 나쁘게 말하면 협박이네."

"정답이야. 하지만 그냥 죽이는 경우는 드물어."

그러면 형사적인 조사가 들어오니까.

그때 가장 많이 쓰는 방법이 바로 손해배상 청구다.

"어떤 기업의 노조 위원장은 손해배상을 해야 하는 돈이 100억대를 넘기도 해. 너 하나만 죽인다 이거지."

"헐."

"과연 그러면 누가 대신해서 싸우려고 할까?"

아무도 없다.

노조가 승리한다고 해도, 결국 그 책임자인 노조 위원장에게 손해배상을 묻는 것이니까.

"웃긴 일이지. 합법적인 파업인데 손해배상을 하라는 거."

그러니까 형사적으로는 합법이다.

그런데 민사소송을 걸면, 법원에서는 수억에서 수십억씩 배상하라고 한다.

그러니 불법 파업과 마찬가지다.

"그걸 막을 방법은 없어?"

"없지. 사실 이건 내가 재판해도 못 이겨."

"어째서?"

"답은 나와 있거든."

손채림은 눈을 찌푸렸다.

답은 나와 있다.

즉, 기업과 판사가 이미 붙어먹었다는 뜻이다.

"물론 2심이나 3심까지 가서 싸우면 이길 수도 있겠지만, 그때쯤이면 이미 노조는 작살난 상황이지."

"흠…… 두 번째 방법은 뭐야?"

"대체 노조를 만드는 거야. 전에 내가 쓴 것과 같지. 기본 적으로 상대 노조를 파괴한다는 것은 마찬가지니까."

복수 노조인 만큼 새로운 노조를 만든다.

그리고 그곳에 가입한 사람들에게 온갖 사탕과 당근을 안 겨 준다.

"노조는 복수지만 가입은 복수가 안 돼. 한 곳만 골라야 하지. 그러면 사람들은 당연히 당근을 주는 곳으로 가는 거지, 대룡처럼."

"그렇구나."

"문제는 그 후야."

대룡은 그들과 한 약속을 지켰다.

애초에 상대방이 범죄 집단이었으니 당연한 거지만.

"하지만 대부분의 노조 파괴를 하는 곳은 안 지켜."

실제로 모 기업은 자신들이 만든 어용 노조만 협상 대상으로 해서 그들과 협상을 통해 근무시간 단축, 보너스 지급 등 온갖 당근을 약속했다.

다른 노조도 있었지만, 그들은 협상 대상으로 인정하지도 않고 협상장에 나가지도 않았다.

"노조가 존재하는 가장 큰 이유는 사 측과의 협상이야. 그런데 협상 자체가 안 되면 무슨 의미가 있어?"

노조가 하나라면 파업이든 뭐든 하겠는데, 노조가 두 개이고 한쪽과만 협상하면 나머지는 그냥 파리만 날리는 셈이다.

더군다나 한쪽에 온갖 사탕을 다 몰아준다면야.

"당연히 사람들은 기존 노조에서 탈퇴해서 그쪽으로 옮겨 갔지."

"그 후에는?"

"뻔한 거지. 그런 약속을 지킬 거였으면 애초에 어용 노조를 만들지도 않았겠지."

근무시간 단축도 보너스 지급도, 지켜지지 않았다.

그런데 문제는 여기서 발생한다.

회사가 협상한 것은 노조이지 개개인이 아니다. 그러니 지켜지지 않은 약속에 대한 항의나 투쟁은 노조의 권한이다.

"하지만 어용 노조가 항의하겠어?"

결국 아무런 약속도 지켜지지 않았다.

몇몇 노조원들이 항의했지만, 그들에게 돌아온 것은 해직 통보뿐이었다.

"집단이라는 것은 노동자의 가장 큰 힘이야. 하지만 노조만 무력화시키면 그 집단의 힘을 뺄 수 있지. 개개인이야 자르면 그만이니까."

그리고 그걸 본 개개인은 더 이상 저항을 할 수 없다.

그래 봤자 자신 역시 해직당할 테니까.

"웃기네."

"웃기지. 하지면 그게 현실이야."

물론 법에 익숙한 사람들에게는 상대방이 뭘 노리는지 뻔히 보인다.

하지만 일반적인 사람들은 눈앞에 있는 당근을 포기하고 계속 싸우는 것을 힘들어한다.

"이쯤 되면 대부분의 노조는 파괴된 상태야. 하지만 그래도 버티면, 다른 방법도 있지."

"다른 방법?"

"어딜 가나 프락치는 있는 법이니까."

"아……."

하긴, 프락치가 대통령도 하는 나라인데 다른 곳이라고 없겠는가?

"노조 내부에서 싸움을 일으키는 거지."

그러면 노조는 사 측과 투쟁할 힘을 잃어버린다.

"마지막은 역시나 용역이고."

용역 투입이 결정되면 경찰을 불러 봐야 출동도 안 한다.

설사 출동한다고 해도 구경만 한다.

심지어 눈앞에서 사람이 죽어 가고 있어도, 경찰은 눈도 깜짝하지 않는다.

"하지만 다른 방법도 있잖아. 그건 안 써?"

노조가 파업이라는 무기를 쥐고 있는 것처럼, 사 측도 공장폐쇄라는 무기를 쥐고 있다.

그 무기는 균형을 맞추고 있다.

공장폐쇄가 이루어지면 직무뿐 아니라 임금 지급, 그 외의 모든 혜택이 정지된다.

"공장폐쇄를 하면 공장이 멈추니까. 기업가 입장에서는 합법이기는 하지만 결국 손해도 감수해야 하거든."

"아, 그러니까 차라리 불법을 저지르더라도 공장은 돌리겠다?"

"정답."

노형진은 그렇게 말하면서 볼펜의 손잡이 부분으로 머리를 긁었다.

"으…… 드러워."

"너도 사흘간 밤샘해 봐."

일도 많은 데다가 상대방은 태양이다. 절대 호락호락하게 나오지 않을 것이다.

"어찌 되었건 사 측은 어떤 식으로든 노조를 파괴하려고 할 거야. 그동안의 태양컨설팅의 방법을 보면, 일단은 파업하도록 유도해. 그 후에 노조 관계자에게 민사소송 폭탄을 안기지."

"그러면 지금 파업을 막아야 하는 거 아냐?"

손채림은 걱정스럽게 말했다.

박운현의 말에 따르면 사 측은 아예 협상장에 나오지도 않고 있다고 했다.

그리고 갑자기 새로운 노조가 등장했다고 한다.

그들과 협상하고 있다고, 기존 노조는 인정하지 않는다는 언플은 당연한 거고.

"맞아, 파업을 하면 안 돼. 말했잖아, 파업하는 순간 민사소송에 들어갈 거라고. 그게 그냥 파업에 대한 민사소송일 것 같아?"

말도 안 되는 사소한 것 하나까지 다 꼬투리 잡아서 소송을 걸 것이다.

천천히 상대방을 말려 죽이는 것이 그들의 목적이니까.

"그러니 일해야지."

"그러면 협상의 여지가 없잖아? 사실 지금 무기는 그것밖에 없는데."

"그건 그들 생각이고."

노형진은 피식 웃었다.

"무기는 찾으면 있는 법이야. 그리고 그 무기를 만드는 것이 변호사의 능력이지, 후후후."

노형진은 사흘간 밤을 새워서 만든 무기들을 쥐고 흔들었다.

"그리고 무기란 자고로 써먹어야 하는 법이고 말이야."

⚖

"파업을 하지 말라고요?"

"네."

노형진의 말에 박운현은 당황했다.

이미 파업을 준비하고 있고 조만간 투표까지 할 생각이었다. 그런데 하지 말라니.

"해 봐야 민사소송만 들어올 거란 거, 아실 텐데요."

"각오하고 있습니다."

"박 위원장님이야 각오하고 있겠지요. 하지만 가족도 각오하고 있습니까?"

이것이 법이다

박운현은 입을 다물었다.

가족들도 이해는 한다고 한다.

하지만 그건 어디까지나 자신을 위해 하는 말이다.

자신도 가장이다. 가족이 고통받아야 하는 것이, 좋지는 않다.

"그러면 어쩌자는 겁니까? 파업 말고는 그들을 불러낼 방법이 없는데. 그들은 이미 다른 노조를 만들었습니다. 조만간 우리 노조원을 회유하기 시작할 겁니다."

"압니다. 하지만 우리가 쉴 수밖에 없다면요?"

"쉴 수밖에 없다?"

노형진은 피식 웃었다.

"모든 공장은 비슷합니다."

모든 공장은 비슷하다. 이게 무슨 소리냐면, 업무의 편의성을 이유로 사소한 법규 위반은 쉽게 넘어가는 경우가 많다는 것이다.

가령 비상구에 뭔가를 쌓아 두는 것은 당연히 불법이다.

하지만 대부분의 공장은 그냥 쌓아 두는 경우가 많다.

"아주 사소한 것 하나까지 다 지키는 경우는 없지요."

"그거야 그런데……."

일을 하기는 해야 하는데 그런 것 하나하나까지 신경을 쓰려고 하면 이만저만 곤란해지는 것이 아니다.

사실 서류상에만 존재하는 안전 규정만 해도 수십 개에 달

한다.

"하지만 서류상에만 존재하는 것도, 결국 존재는 하는 거죠."

"그러면 그걸 지키라는 겁니까?"

"아뇨."

노형진은 어깨를 으쓱했다.

지키면서 일을 하면 결국 일하는 것이다.

하지만 자신들의 목적은, 일 자체를 하지 않는 것이다.

"일 자체를 하지 않는 게 목적이니까요."

"그러면요?"

"모든 공장은 비슷하다고 말씀드렸잖습니까."

노형진은 씩 웃었다.

"그리고 모든 인간은 비슷하지요."

노형진은 몸을 기울여서 박운현을 바라보았다.

"고발하세요."

그리고 그걸 신호로 전쟁을 시작할 것이다.

⚖

"이게 뭐야?"

근로감독관은 눈을 찌푸렸다.

엄청난 수의 고발이 들어왔다.

고발 건수만 무려 이백서른 개.

그것도 한 개 사업장이다.

"이거…… 장난해?"

"장난이 아니에요. 그것만도 아니고, 지금도 계속 오고 있습니다."

"허?"

서류를 살피던 근로감독관은 한숨을 쉬었다.

"아니, 고작 이딴 걸로 고발하다니."

노형진은 서류를 섭렵하고 현장을 돌아다닌 끝에 법에 걸릴 만한 것은 사소한 것 하나까지 모조리 다 조사해서 박운현에게 줬다.

그리고 박운현은 그걸 하나하나 체크해 가면서 회사 내부에서 사진을 찍고 고발장을 만들었다.

아주 사소한 것들, 그래서 누구도 신경 쓰지 않는 작은 규정 위반 하나까지 모조리 말이다.

사실 그중에는 진짜 안전과는 전혀 관련이 없는 것도 있기는 하다.

하지만 상관없다. 중요한 건 그게 아니었기 때문이다.

"뭐야? 도건화학?"

문득 회사 이름을 본 근로감독관은 얼굴이 환해졌다.

그럴 수밖에 없었다.

"선배, 땡잡았네."

"이렇게 일이 많은데?"

"에이, 또 왜 이러실까? 그렇게 힘들면 제가 갈까요?"

"아니지. 어떻게 후배를 시켜."

후배는 키득거렸다.

몇몇은 부럽다는 시선을 보내기도 했다.

"그나저나 도건화학이라니. 뭔 일이 있기는 한 모양인데."

"글쎄요. 가 보면 알겠지요."

"그렇겠지?"

어깨를 으쓱하는 후배들.

선배 근로감독관은 자리에서 일어나서 외투를 들었다.

"지금 가세요?"

"공무원이 일이 생기면 바로바로 일해야지."

"역시 존경스럽습니다."

"하하하."

"오늘 회식 잡을까요?"

"어, 그래. 하나 잡아 둬. 오늘은 한우 등심 어때?"

"오오!"

"등심요?"

"도건화학이잖아."

다들 고개를 끄덕거렸다.

근로감독관은 차를 타고 도건화학을 향했다.

그리고 도착하자 어딘가로 전화를 했는데, 통화가 끝나기가 무섭게 과장이라는 사람이 바로 나왔다.

"아이고, 여기까지 오느라 고생하셨습니다."

"별말씀을요, 그나저나 확인할 게 있는데요."

"암요. 그 전에 차나 한잔하시겠어요?"

"그러지요."

근로감독관은 과장의 안내를 받으면서 안으로 들어갔다.

그들이 향한 곳은 다름 아닌 사장실이었다.

그러나 그들은 다른 직원들이 바라보고 있다는 것을 몰랐다.

사장인 김양술은 그의 두 손을 꽉 잡았다.

"아이고, 고생이 많으십니다."

"별말씀을요, 하하하."

"앉으시지요. 김 양아! 차 한 잔 내와!"

김양술은 그에게 자리를 권했다.

근로감독관은 미소를 지으면서 그 맞은편에 앉았다.

"그나저나 갑자기 고발이 엄청나게 들어왔습니다만."

"뭐 중요한 거라도 있나요?"

"다 자잘한 겁니다. 딱히 처벌 대상 같은 건 아니고요. 다만 숫자가 많을 뿐입니다. 뭔 일 있습니까?"

"노조. 이 개자식들이 수를 쓰는 모양이네요."

근로감독관은 노조라는 말에 고개를 갸웃했다.

사실 근로감독관이라고 해서 회사 내부의 문제를 다 아는 건 아니다. 그러니 모를 수밖에 없다.

"사실은 그 녀석들이 새로 오픈하는 공장에 대해 감 놔라

배 놔라 하고 있어서요."

"이런."

근로감독관은 안타깝다는 듯 김양술을 바라보았다.

"노조라는 새끼들이 다 그렇지요, 뭐. 그런 새끼들 때문에 나라가 이 꼴인 겁니다."

"그러니까요."

"그런데 왜 그놈들이 이렇게 고발한 겁니까? 파업한 것도 아니고."

"사실은 저희가 태양컨설팅과 계약해서요."

"아아."

근로감독관도 태양컨설팅을 안다.

모를 수가 없다.

그들에 대해 모르면 근로감독관으로서 헛산 것이다.

물론 아는 것과 관심이 있는 건 전혀 다른 문제지만.

"그러니까 이 새끼들이, 파업은 무서우니 깔짝거리면서 건드리는 모양입니다."

"병신들이네요."

"그러니까요."

민사소송에 대해서는 인터넷에서 흔하게 나오는 이야기다.

그러니 무서워서 제대로 저항은 못 하고 이런 걸로 찔러보는 모양이었다.

"하여간 골수 빨갱이 새끼들이 문제예요."

"그러니 말입니다."

"그런 골수 분자 새끼들은 모조리 잘라 내세요."

"안 그래도 그럴 생각입니다."

그들은 서로 한참 덕담을 주고받았다.

그리고 어느 정도 시간이 지나자 근로감독관은 조심스럽게 입을 열었다.

"그나저나 제가 이제 일을 해야 해서요."

"아이고, 뭘 그렇게까지."

"아무래도 확인은 해야 하지 않겠습니까?"

"그냥 저희한테 맡기세요. 저희가 다 정리하고 사진까지 찍어서 보내 드리겠습니다."

"그럴 수 있나요, 그래도 공무인데."

"뭘 그렇게까지 고생하십니까? 이백서른 개나 된다면서요."

"그건 그렇지요."

한두 건도 아니고 무려 이백서른 개다.

규정상 그걸 일일이 모두 확인하고 시정된 바를 사진으로 남겨야 한다.

사실 그걸 처리하려면 족히 일주일은 걸릴 것이다.

그러니 근로감독관 입장에서는 심히 귀찮은 일이라 할 수 있었다.

"자, 자! 이건 약소한 겁니다."

근로감독관에게 봉투 하나를 내미는 김양술.

"아니, 뭘 이런 걸 다……."

"나라를 위해 일하는 분인데 이 정도 못 해 드리겠습니까?"

"크험험……."

"이야기를 들어 보니 중요한 건 하나도 없다면서요?"

"그건 아닙니다만……."

사실 별거 아닌 게 대부분이기는 하지만, 몇몇 심각한 현행법 위반도 있기는 했다. 그러나…….

'내 알 바 아니지.'

더군다나 자신들이 알아서 정리하고 처리해 준다고 했으니.

"조만간 쫘악 정리해서 보내 드리겠습니다."

"뭐, 그래 주신다면야."

근로감독관은 자리에서 일어났다.

어차피 진짜로 돌아보기 위해 온 게 아니다.

이런 사소한 것까지 일일이 움직이면 근로감독관들은 모조리 과로로 죽었을 것이다.

게다가 '진짜 목적'이 해결되었으니 오래 있을 이유가 없다.

"그러면 전 이만."

"멀리 안 나가겠습니다."

"네, 잘해서 보내 주세요."

근로감독관이 나간 후 김양술은 눈을 찌푸렸다.

"이 새끼들이 깜찍한 장난을 치는군."

"그러게 말입니다, 사장님."

자잘한 거 몇백 개 넣어 봐야, 이렇게 자신의 인사 한 번이면 해결된다.

그것도 모르고 열심히 증거를 모아 고발했다?

"멍청한 놈들. 태양에서는 뭐래?"

"그런 소소한 장난은 무시하면 된답니다. 법적으로 아무런 의미도 없다고."

"씨발 놈들. 내가 이번에 어떻게든 박멸한다고 만다."

김양술은 이를 박박 갈았다.

자신의 아버지가 버러지들에게 받았던 그 수치.

그리고 지난 몇 년간 자신이 받았던 그 수치.

그걸 이제 해결할 수 있다.

사회에서는 노조가 사회악으로 받아들여지고 있고, 현 대통령도 기업인 출신이라 철저하게 기업 편을 들고 있다.

"대충 사진 찍어서 보내. 무슨 뜻인지 알지?"

"네."

비서는 고개를 끄덕거렸다.

그들은 자신들이 이미 거미줄에 걸린 나방이라는 사실을 전혀 모르고 있었다.

⚖

−하여간 골수 빨갱이 새끼들이 문제예요.

-그러니 말입니다.

-그런 골수 분자 새끼들은 모조리 잘라 내세요.

-안 그래도 그럴 생각입니다.


근로감독관의 얼굴은 사색이 되었다.

그를 찾아온 노형진이라는 변호사. 그 변호사가 들려준 녹음 파일 때문이다.

"미안하네요, 골수 빨갱이라."

"아니, 그게……."

땀을 뻘뻘 흘리는 근로감독관.

손채림은 그런 그를 보면서 화사한 미소를 지었다.

물론 다른 사람이 볼 때는 화사할지 몰라도, 근로감독관의 눈에는 지옥의 미소였을 것이다.

"벌써 그러시면 안 되죠. 그래도 골수 빨갱이를 때려잡을 수 있는 기회인데."

"아니…… 저는요…… 그러니까……."

그를 보면서 노형진은 피식 웃었다.

'개자식.'

근로감독관.

근로조건을 감독하고 노동자들을 지켜야 하는 역할이다.

하지만 근로감독관들은 사실 노동자보다는 기업 편이다.

당연하다. 기업은 그들에게 뇌물을 주는 반면 노동자들은 안 준다. 아니, 못 준다.

근로감독관 자체가 사실 일은 힘들고 월급은 짠, 공무원계에서는 3D에 속하는 자리다.

물론 그걸 탓할 건 아니다.

하지만 그렇다고 해서 뇌물을 받고 범죄를 봐주는 것은 절대 있어서는 안 되는 일이다.

"그나저나, 소고기는 맛있게 드셨어요?"

손채림의 말에 주변에서 힐끔거리던 다른 근로감독관들까지 전부 얼굴이 하얗게 변했다.

"술자리에서는 별말이 다 나오더라고요."

손채림이 한마디 하면서 CD 한 장을 흔들었다.

근로감독관들은 침을 꿀꺽 삼켰다.

'망했다.'

술을 먹으면 긴장이 풀리기 마련이다.

그래서 그곳에서 그동안 뇌물받은 이야기와 도건화학 덕분에 회식한다는 이야기까지 마구 늘어놓았다.

"도건화학이 꽃등심을 사 줬나 봐요?"

"아니, 그건 우리 돈으로……."

물론 말도 안 되는 개소리다.

세상에 어떤 공무원이 사비로 꽃등심 회식을 한단 말인가?

최소한 한 사람당 10만 원어치씩은 먹을 텐데.

"여러분."

노형진은 나지막하게 말하면서 그들을 둘러보았다.

"인터넷에는 이런 말이 있지요."

"마…… 말이라니요?"

"호의는 딱 삼겹살까지입니다."

"……."

"꽃등심이라……. 그리고 하얀 봉투에서 나온 돈으로 결제하셨지요."

"무…… 뭐……! 나는 봉투에 돈을 담아서 다니면 안 됩니까!"

근로감독관은 필사적으로 변명했다.

하지만 노형진은 이미 그의 머리 꼭대기에 올라가 있었다.

"아니, 그건 아니지요. 하지만……."

잠깐 침묵을 지키던 노형진은 씩 웃으며 손채림을 바라보았다.

그러자 그녀가 들고 있던 CD를 플레이어에 넣고 저장된 영상을 보여 줬다.

그건 그들이 고기를 먹던 식당이었다.

카운터에서 그들이 현금을 내고 바깥으로 나가는 바로 다음 순간, 다른 누군가가 카운터로 가서는 돈을 내고 그 돈을 그대로 받아 갔다. 이어 쓰레기통에 버려진 '흰 봉투'까지 챙겼다.

"150만 원을 170만 원을 내고 사는 건 참 웃긴 일이긴 한데요."

정확한 금액까지 말하자 얼굴이 허옇게 변하는 근로감독 관들.

"그래도 어쩌겠습니까? 지문이 묻어 있는 걸 사야지. 저 돈과 봉투에는 과연 누구의 지문이 묻어 있을까요?"

근로감독관들은 공포로 물들었다.

자신들의 돈이라고 주장할 만한 건더기가 없어 보였다.

"미……안합니다."

"그러면 이거 고발해도 되죠?"

"허억! 안 됩니다. 제발……."

고발하면 당연히 감사가 이루어질 것이다.

그리고 그 과정에서 자신들이 받은 모든 것이 드러날 것이 뻔했다.

"저로서는 힘이 없네요. 범죄를 보고도 그냥 넘어가는 성격이 아니라서요. 여러분 말마따나 골수 빨갱이라 반골 기질이 넘치는 걸 어쩌겠습니까?"

어깨를 으쓱하는 노형진.

감독관들은 다 같이 노형진에게 매달렸다.

"잘못했습니다."

"한 번만 봐주세요."

단순 징계의 문제가 아니다. 재수 없으면 형사처벌을 피할 수 없다.

더군다나 상대방은 변호사다.

그냥 고발만 하면 어떻게 부탁해서 덮을 수라도 있겠지만…….

"어디 보자, 기자분 전화번호가……."

옆에 있는 여자는 벌써부터 기자들을 찾는다고 난리다.

"제발…… 잘못했습니다. 다시는 안 그러겠습니다."

"진짜요?"

"네, 진짜로 안 그러겠습니다."

"그러면……."

노형진은 잠깐 침묵을 지켰다.

"지금부터라도 제대로 일을 하셔야지요."

"지금부터라도요?"

"네. 지금부터 아주 열심히 일하셔야 하지 않겠습니까?"

노형진은 미소를 지으며 말했다.

잠시 후 그들이 우르르 몰려 나가자 손채림은 진짜 궁금한 걸 노형진에게 물었다.

"고기 뷔페는 사전에 알아냈다고 쳐도, 도대체 내부에서 어떻게 녹음한 거야? 안에 녹음기를 설치한 것도 아니고."

"어, 그거?"

"그래. 사장실에 녹음기를 설치할 시간이 없었잖아?"

하지만 노형진은 분명히 녹음을 했다. 그리고 그 파일을 가지고 왔다.

"우리 사장님께서 커피를 셀프로 드실까?"

"커피? 아하!"

손님이 오면 당연히 비서가 커피나 차를 가져다준다. 그틈에 마이크를 놓는 건 어렵지 않다.

당연히 치우는 것도 비서가 할 것이다.

사람을 짐승처럼 취급하는 사장이 비서의 노고를 알아줄리가 없으니 비서가 악감정을 품고 있을 가능성은 다분하고.

"하지만 그렇게 녹음한 것은 불법 아니야?"

"불법이지. 하지만 내가 지금 법원에 제출한 건 아니잖아."

다만 제출할까 고민할 뿐.

"역시나…… 무서운 놈이야."

"이제 시작인데 뭘?"

노형진은 담담하게 말했다.

"이제 이다음 게임도 준비해야지."

"뭐라고요?"

"작업 중지 명령을 내리겠습니다."

"잠깐만요, 감독관님! 이야기가 다르지 않습니까!"

김양술은 다급하게 말했다.

하지만 감독관은 가차 없이 말을 끊었다.

여기서 무슨 말이 나오면 자신들이 불리해진다.

"무슨 이야기요? 저한테 뭐 이야기한 거 있습니까?"

"그게…….'"

"고발 건수가 무려 230건이에요. 이게 말이나 됩니까? 안 전을 개떡으로 알아요?"

"감독관님!"

"시끄럽습니다. 현 시간부로 작업 중지 명령을 내리겠습니다. 모두 고치기 전까지는 아무것도 못 할 줄 알아요."

'이런 미친…….'

김양술은 정신이 아득해졌다.

작업 중지 명령.

그건 근로감독관의 권한이자, 기업들이 근로감독관을 무서워하는 가장 큰 이유다.

근로감독관들은 안전이나 기타 사유로 인해 기업에 작업 중지 명령을 내릴 수 있다.

그리고 작업 중지 명령이 떨어지면, 회사는 직원들에게 월급은 월급대로 주면서도 일은 못 시킨다.

당연히 매일매일 엄청난 손해를 부담하게 된다.

그래서 보통은 감독관이 오면 소위 말하는 '인사'를 해서 적당히 덮어 버리는 것이다.

'이런 젠장.'

김양술은 입술을 깨물었다.

'인사'를 했는데도 근로감독관들이 단체로 미친 건지, 우르르 몰려와 말 그대로 이 잡듯이 털어 냈다. 그리고 규정 위반 사례를 발견하자 작업 중지 명령을 내려 시정을 요구했다.

뒤통수를 맞았지만 어쩔 도리가 없고, 저들은 법에 의거하여 당연한 절차를 진행 중인 것이기는 한데…….

"그거 다 고치려면 일주일은 걸릴 겁니다!"

고발된 것만 이백서른 개.

거기에다가 지금도 노조에서 불을 켜고 찾고 있고, 심지어 근로감독관들도 여전히 뒤지고 있다.

지금까지 적발된 것만 다 고치려 해도 최소한 일주일은 걸린다.

"그러니까 규정을 잘 지켰어야지요."

감독관들은 코웃음을 쳤다.

"젠장!"

김양술은 입술을 깨물었다.

이들이 자신의 말을 들어 줄 생각이 없다는 걸 알아챈 것이다.

"후회할 겁니다."

"전 규정대로 할 뿐입니다."

이를 박박 갈면서 김양술은 당장 사무실로 돌아왔다. 그리고 어디론가 전화했다.

"청장님! 이게 뭡니까!"

근로감독관은 노동부 소속이다.

당연히 평소에 김양술은 지방의 노동청장을 관리해 왔다.

중앙까지 올라가지는 못해도, 그 정도 관리하는 것은 어려운 일이 아니니까.

그래서 그는 지금 벌어지는 일을 항의했다.

하지만 전화기 너머에서 들린 말은 예상하지 못한 것이었다.

-그래요? 하지만 그건 근로감독관들의 권한입니다.

"뭐라고요!"

-일선 근로감독관들이 안전에 문제가 있다 판단하여 작업 중지 명령을 내렸다면, 필시 그럴 만한 이유가 있겠지요.

"청장님!"

-죄송합니다만, 규정이 우선입니다. 죄송합니다.

그 말을 끝으로 끊어지는 전화.

김양술은 어이가 없어서 입을 쩍 벌렸다.

⚖️

같은 시각.

"급한 전화입니까?"

노형진은 노동부 지방 노동청장과 면담 중이었다.

전화를 끊은 지방 노동청장은 애써 미소를 지었다.

"아닙니다. 그냥 누가 자기가 당하는 게 억울하니까 자꾸 전화하네요."

"거참, 자기가 제대로 일했다면 공무원들이 그렇게까지 하겠습니까?"

"그러니까요. 공무원들은 매일 욕먹는 처지인가 봅니다, 하하하."

지방 노동청장은 겉으로는 웃고 있었지만 속으로는 진땀을 흘리고 있었다.

다른 사람도 아니고 새론의 변호사가 자신을 만나자고 했을 때, 일이 꼬인 거라고 생각했기 때문이다.

그런데 그 이야기는 심각하다 못해 심장이 쫄깃해지는 것이었다.

"급한 일이면, 나중에 올까요?"

"아닙니다. 요즘이 어떤 시대라고 이런 전화에 신경 쓰겠습니까? 이거 부정 청탁입니다."

"그렇지요."

노형진은 고개를 끄덕거리며 말했다.

"그러면 아까 하던 이야기를 마저 하지요."

"네."

"제 의뢰인이 도건화학의 부정 청탁과 뇌물 공여 관련 증거를 가지고 왔습니다. 그것 때문에 사건 조사와 관련해서 청장님의 도움이 필요해서요."

"그분이 뭘 원하시는 건가요?"

"그냥 정의를 원하십니다. 저도 아직 자료를 못 받아 봤습니다만, 그분 말로는 정재계 인사들의 이름이 총망라되어 있다고 하더군요."

"그래요?"

"문제는, 정재계 인사들뿐만 아니라, 이 지역 노동청의 근무자들 상당수의 이름이 들어 있다고 했다는 겁니다."

"으음……."

"저희가 조사해도 됩니다만, 그러기 위해서는 우선 고발이 진행되어야 합니다. 하지만 외부에서 증거를 조사해서 감사를 진행하는 것이, 보기 좋은 건 아니잖습니까?"

"그건 그렇지요."

고개를 끄덕거리는 지방청장.

"하지만 의뢰인의 요구인 만큼 무조건 거절할 수는 없어서요."

"그래서 저한테 오신 거군요."

"네. 웃긴 말이지만, 의뢰인은 문제가 정리되기를 요구하면서도 일이 커지는 것은 원하지 않습니다. 그러니 자체적으로 정리해 주실 수 있을까 해서요."

"그러면 감사를 해야 할 텐데요."

"그래도 검찰에서 조사하는 것보다는 낫지 않은가요?"

"후우, 그건 그렇지요. 그런데 관련자가 많습니까?"

"한두 명이 아니라고 하더군요. 자세한 이야기는 아직 못 들었습니다만, 제대로 정리되지 않는다면 검찰에 가져가서 기자회견을 하겠답니다."

"아니, 왜요? 도대체 누구인데요?"

"아시지 않습니까? 저희는 변호사입니다. 비밀 준수의 의무가 있습니다. 그분 신분을 알려 드리면 청 내부의 고발자에 대해서도 알려 드려야 하는데, 그건 좀 곤란해서요."

"끄응……."

"일단은 저희 입장에서 할 말은 이 정도인 것 같네요."

"저희가 감사해서 확실하게 박멸해 드리겠습니다."

"그래 주시면 좋지요."

노형진은 미소를 지으며 일어났다.

"그러면 이만."

노형진이 나간 후 청장은 이를 빠드득 갈았다.

"어떤 새끼야!"

안 봐도 뻔하다.

어떤 멍청한 놈이 제대로 꼬리 관리를 못한 것이다.

그리고 그로 인해 손해를 입은 누군가가 뒤집고 있는 게 뻔했다.

"쌍!"

더군다나 내부 고발자라는 말이 나왔다.

이는 즉, 내부의 누군가 배신했다는 뜻이다.

"감사 팀장 당장 들어오라고 해!"

청장은 다급하게 감사 팀을 불러들였다.

감사 팀은 이야기를 듣고 얼굴이 사색이 되었다.

"고발요?"

"그래, 내부 고발이 있었다잖아! 어떤 놈인지 찾아내!"

애초에 이들이 잡으려고 하는 것은 뇌물을 받은 사람이 아니라 그 정보를 빼돌린 내부 고발자였다.

"허억……."

문득, 청장의 얼굴이 사색이 되었다.

만일 그 내부 고발자가 자신에 관련된 정보도 가지고 있다면…….

생각만 해도 눈앞이 캄캄해졌다.

'망할, 어떤 놈이…….'

하지만 의심할 곳이 너무 많았다.

기업들을 상대하는 곳이다 보니, 기업들이 뇌물로 회유하려고 하는 경우가 많다.

그리고 대부분 결국 거기에 넘어간다.

당연하게도 그중에서 일부가 돈을 더 받고 증거를 넘기는 것은 어려운 일이 아니다.

특히 상급자 자료를 넘겨 버리면, 자신은 앉아서 상급자를 날려 버리고 승진도 할 수 있다.

"당장 내부 고발자인지 뭔지 알아내란 말이야!"

"알겠습니다. 그러면 청장님…… 진짜 그 고발되는 것은…….

"일단 그놈부터 찾아. 그놈이 넘긴 게 어떤 것인지부터 알아야겠어."

청장은 똥줄이 바짝바짝 타는 듯했다.

⚖️

"증거?"

"응. 진짜 있어?"

사무실에서 이야기하던 노형진은 손채림의 말에 고개를 흔들었다.

"없는데."

"헐? 그런데 그걸 믿어?"

"증거는 중요한 게 아니야."

"그러면?"

"내부 고발자."

노형진은 피식 웃으며 대답했다.

"나는 증거와 내부 고발자가 있다고 했지. 그런데 공무원 조직에서 제일 싫어하는 게 내부 고발자야. 당연히 그들은 내부 고발자를 찾아서 쫓아내려고 하겠지. 특히나 돈이 왔다 갔다 하는 곳들은 더더욱."

노동청에는 기업의 청탁이 많이 들어온다. 그러니 거기에 흐르는 돈도 상당할 것이다.

"당연히 감사를 시작할 거야."

"그냥 증거를 가지고 있다고 감사를 요청하면?"

"안 하겠지."

그냥 고발할 수 있다고, 감사하라고 하면 안 할 것이다.

한다고 해도, 하는 척만 하고 흐지부지될 것이다.

한두 번 당하는 일이 아닐 테니까.

"하지만 내부 고발자는 아니거든."

그 내부 고발자가 들고 있는 정보에 따라서 조직이 왕창 날아갈 수도 있다.

감사해서 한 놈 잡으면 그놈 하나만 처벌하면 되지만, 내부 고발자는 조직 전체의 안위가 달려 있는 셈이다.

"그러니 아마 있지도 않은 내부 고발자를 찾느라고 난리법석을 떨고 있겠지."

노형진은 킥킥거리면서 웃었다.

"증거를 요구하면 어떡해?"

"전에 녹음한 거 있잖아. 그거 조금 틀어 주면 되는 거지."

"완전 독박이네."

안 믿자니 나중에 문제가 커질 수밖에 없는 일이다.

그러니 청장은 어쩔 수 없이 내부 고발자를 찾으려고 할 것이다.

"뭐, 목적이야 어떻든 간에, 일단 청 내부에서는 감사가 대대적으로 이루어질 거야. 당연히 공무원들도 꼬리를 말겠지."

특히 도건화학과 친밀한 사람일수록 더더욱 그럴 것이다.

청장 같은 사람들 말이다.

"아마 공무원을 움직여서 노조를 파괴하는 짓은 못 할 거야."

"재미있네."

"재미는 지금부터지."

노형진은 손가락을 까딱거리며 웃었다.

"노조 파괴? 내가 먼저 그 계획을 파괴해 버릴 테니까, 후후후."

누굴 원숭이로 아나

　김양술은 머리를 부여잡았다.

　난데없이 청 내부에서 감사가 진행되었다.

　그러자 가뜩이나 자신을 털어 내려고 하던 근로감독관은 진짜 겁을 집어먹고 말 그대로 회사의 화장실 휴지까지 조사하면서 털어 내는 지경이었다.

　당연히 노동자들도 조사하면서, 자신들이 지키지 않았던 규정이나 행동 그리고 위법행위에 대한 증거가 쌓여 갔다.

　"도대체 어떻게 된 겁니까! 어렵지 않다면서요! 파업하면 민사로 조져 버린다면서요!"

　"이건…… 처음 당해 보는군요."

　태양컨설팅에서 파견된 책임자인 조태오는 당혹감을 감추

지 못했다.

다른 곳처럼 으레 파업할 줄 알았다.

그런데 파업이 아니라 작업 중지 명령?

이건 생각도 못 했다.

결국 일하지 않는 것은 같지만 효과는 천양지차다.

무엇보다, 훨씬 더 부담스럽다.

파업은 최소한 월급을 안 주지만 작업 중지는 월급도 줘야 하기 때문이다.

"일단은 요구대로 안전 장비를 고치는 게 우선일 듯합니다. 그 후에 업무가 진행되면……."

조태오는 지금 상황에서 벗어나는 게 우선이라고 생각했다.

작업 중지에서 벗어나려면 근로감독관들이 지적한 부분을 고쳐야 한다.

"일단 현장에 대한 정리를……."

그들이 그 말을 하려고 하는 그때였다.

갑자기 문이 벌컥 열리면서 이사 한 명이 얼굴이 사색이 되어서 들어왔다.

"뭐야!"

"사장님! 큰일 났습니다!"

"뭔 큰일? 뭐, 노동부 장관이라도 온대?"

"그…… 그게 아니라……."

"그러면?"

"노조에서 파업에 대한 찬반 투표를 하겠답니다!"

"뭐라고요!"

두 사람은 벌떡 일어났다.

⚖️

"파업하라고요?"

노조 사무실에 찾아온 노형진의 말을, 박운현은 이해할 수가 없었다.

"얼마 전에는 하지 말라고 하셨잖습니까?"

"그랬지요."

"그런데 지금은 파업하라고요?"

"네."

"아니, 왜요? 어차피 파업하지 않으면 월급은 들어오는데요?"

어차피 일주일간 공장에서 일하지 못한다. 그러니 그동안 일종의 유급휴가인 셈 칠 생각이었다.

그런데 파업이라니?

"파업하지 못한 이유는 민사 때문이지요?"

"네."

"그래서입니다."

"네?"

도무지 이해하지 못하는 표정이 되는 박운현.

노형진은 아무래도 자세하게 설명해 줘야 할 것 같아서 천천히 노트에 그림을 그리며 입을 열었다.

"파업하면 저들은 손해배상을 청구할 겁니다. 그게 그들의 계획이었죠."

"그건 다 알죠. 몇 번이나 말씀하셨잖습니까?"

"그런데 지금은 작업 중지 명령이 떨어진 상황입니다. 애초에 일을 못 해요. 그런데 손해배상을 청구하면, 이길 수 있을까요?"

"아……."

아무리 뇌물을 받았다고 해도, 판사가 이런 상황에서까지 손해배상을 인정할 수는 없다.

애초에 일을 할 수가 없는 상황인데 거기서 무슨 손해가 발생한단 말인가?

"그러니 지금 파업을 해도 문제가 될 것은 없지요."

"하지만 여전히 이해가 안 가는데요. 그냥 파업하지 않으면 월급은 받을 수 있지 않습니까?"

"당연합니다. 하지만 우리는 돈을 벌기 위해 이러는 게 아니잖습니까?"

"그건 그런데……."

"230건, 아니 그 외 발견된 모든 사항을 다 고치려면 최소한 일주일이 걸린다고 했지요?"

"네."

"그런데 그 기간이 뭘 기준으로 측정된 걸까요?"

"글쎄요."

노형진의 말에 박운현은 고개를 갸웃했다.

기준이라고 하니 도무지 뭘 뜻하는지 모르겠어서였다.

그러나 그 부분이 중요했다.

"그 기준은, 작업 중지로 인해 일하지 않는 사람들을 투입해서 해당 지적 사항을 수정할 경우 소요되는 시간이죠."

"그런데요?"

"이곳에서 일하는 근무자는 4천 명이지요."

"네."

"그들을 동원해서 지적 사항을 고치는 겁니다. 그런데 그들이 파업하면 어떻게 될까요?"

"아……."

그러면 지적 사항은 못 고친다. 결국 작업 중지도 계속 이어진다.

당연히 회사 입장에서는 미치고 팔짝 뛸 일이다.

월급이야 안 나가겠지만 고칠 수가 없으니까.

"제가 노리는 건 그겁니다."

돈을 벌기 위해 이러는 것이 아니다. 상대방에게 압력을 주기 위해서다.

그들의 노조 파괴를 멈추기 위해서는, 그들이 저항할 수 없는 타격을 줘야 한다.

"공장을 개판으로 만드는 것보다 더 손해가 크다는 걸 느끼게 만들어야지요."

"허어!"

박운현은 탄성을 질렀다.

하지만 여전히 의문 사항은 남아 있었다.

"그런다고 해서 영영 못 고치는 건 아니잖습니까? 그거 안 한다고 민사를 걸면요?"

"그것도 못 이깁니다."

"어째서요?"

"근로계약에 해당되는 내용이 아니니까요."

업무와 관련은 있으되 근로계약서상 업무 이외의 일에 근로자를 동원하는 것은 명백하게 불법이다.

다만 같은 기업이고 또 계속 다녀야 하니 사람들이 양보해서 회사의 업무를 대행해 주는 것이지, 업무 내용이 달라지면 당연히 그에 따른 일과 비용은 전혀 달라진다.

예를 들면 모 과자 기업이 회사의 직원들을 휴일에 자사의 건물을 짓는 데 강제로 동원한 적이 있다.

물론 당연히 무급이다.

말로는 자발적 참여라지만, 세상의 그 어떤 직장인이 자발적으로 주말까지 반납하며 무급으로 노가다를 뛰겠는가?

"당연히 회사는 그건 별개의 계약으로 보고 따로 월급을 줘야 합니다. 관련 업무도 아닌 데다, 노가다 자체가 상당히 페이가 높은 업무니까요."

"그렇군요."

"당연히 그걸 안 한다고 해도 손해배상 청구는 못 합니다. 애초에 그건 관련이 없는 업무니까."

"오호."

노형진의 말에 박운현은 눈을 반짝거렸다.

"그리고 그러한 방식은 다른 피해를 줄 수 있지요."

"다른 피해?"

"관련 업무가 아닙니다. 그러니까 그 업무를 해야 하는 계약직 또는 일용직을 뽑아야 합니다. 과연 몇 명이나 뽑을 수 있을까요?"

"아하!"

4천 명이 해야 하는 일이다. 그런데 그걸 잠깐 하기 위해 4천 명을 새로 뽑을 수는 없다.

당연히 훨씬 적은 수를 뽑아야 한다.

상황을 봐서는, 아무리 최대한 뽑는다고 해도 사백 명 정도?

"단순 계산으로도 기간이 열 배로 늘어나는 겁니다."

일주일에서 10주, 즉 거의 세 달이다.

세 달간 파업이 유지되면, 타격이 엄청나게 커진다.

"아마 죽을 맛일 겁니다."

노형진은 킥킥거리면서 웃었다.

"제대로 당했군요……."

조태오는 똥 씹은 얼굴이 되었다.

그럴 수밖에 없는 게, 노형진의 함정에 빠진 걸 이제야 알았던 것이다.

"우리는 이제 인력을 쓰지 못합니다."

"그러면? 그러면요?"

"우리 돈을 주고 고쳐야지요."

"뭐요!"

파업이 시작되자, 자신들이 쓸 수 있는 카드가 없어져 버렸다.

민사?

어차피 일 못 하는데 무슨 손해가 있단 말인가?

"우리가 업무에 복귀해서 지적 사항을 고치라는 건, 명백하게 업무의 영역입니다!"

"일부는 그렇지요."

짐을 옮기거나 정리하는 것 정도는 업무의 영역이다.

그러나 그런 부분은, 청구한다고 해도 충분한 손해배상을 받을 수 없다.

"전이라면 모르지만요."

전이라면 판사들을 구워삶아서 터무니없는 손해배상을 청

구할 수 있었을 것이다.

가령 바리케이드 하나 파괴하면 그에 대한 손해배상으로 1억씩 청구하는 거다. 정작 바리케이드 원가는 2천만 원 이하인데 말이다.

"이번에는 안 된다는 거요?"

"네, 안 됩니다. 상대방이 노형진이에요."

상대방이 너무 좋지 않았다.

노형진. 그러면 그냥 이기는 정도가 아니다.

"그 녀석은 이기기 위해서라면 판사와도 척지는 것을 두려워하지 않습니다. 그리고 3심까지 충분히 갈 수 있고요."

물건을 옮기지 않은 데 따른 손해배상?

그런 건 사실 손해배상 청구 소송을 해 봐야 그다지 큰 의미가 없다.

하지만 회사는 큰 타격을 입을 것이다.

"하지만 업무의 배정은 회사의 권한인데요?"

"그건 일반적이고 통속적인 업무에 관해서죠."

화학 공정인 만큼, 관련 업무의 배정은 회사의 권한이다.

그러나 지적된 사항 중에는 어느 정도 노가다가 필요한 부분도 존재한다.

그런 문제는 통상적인 업무를 완전히 벗어나기에, 해당 건을 해결하기 위해서는 관련된 전문가를 동원해야 한다.

"그리고 그 부분은 애초에 우리 업무가 아니니 어떻게 할 수가 없어요."

"이런……."

김양술이 당황하는 사이 조태오는 눈을 찌푸렸다.

'손 대표님이 조심하라고는 했지만…….'

노형진이 사건을 담당하게 되었다는 소식을 들었을 때, 사실 조태오는 속으로 코웃음을 쳤다.

노조 파괴를 한두 번 해 본 게 아니었다.

당연히 수십 명, 아니 수백 명의 변호사들과 싸워 봤다.

그들은 사건이 벌어진 후 노조 파괴에 대한 소송을 할지언정, 사전에는 뻔하게 알면서도 막지 못했다.

물론 처벌이 나오기는 했지만 그때는 벌금이나 조금 내면 그만이다.

그렇게 승승장구해 왔다.

그런데…….

'선빵을 날려?'

이쪽이 움직이기도 전에 먼저 흐름을 차단한 자는 처음이 었다.

조태오는 속으로 놀라면서도 왠지 재미있다는 생각이 들 었다.

'하지만 다음번은 쉽지 않을걸. 조삼모사라는 말이 왜 생 겼는지 알게 될 거다, 후후후.'

"역시나."

다음 작전은 뻔하다면 뻔했다.

바로 또 다른 노조를 키우는 것.

그리고 그곳에 온갖 혜택을 주는 것.

"뭐래?"

"새로운 노조와 협상 중인가 봐. 그런데 그렇게 협상하는데, 정작 구노조와는 이야기도 안 해."

"그러겠지. 신노조에 주는 당근은?"

"야근 수당을 늘려 주고 3교대와 주 5일 근무 보장."

"아주 그냥 꿀을 빨게 해 주겠다는 거네."

"그러게."

노형진은 속으로 피식 웃었다.

말도 안 되는 개소리를 한다 싶었다.

주 7일 근무는 보통이고, 현재 열두 시간 맞교대다.

그런데 당장 주 5일 근무에 3교대, 그러니까 여덟 시간 근무?

그러기 위해서는 당장 사람을 두 배를 더 뽑아야 한다.

"그런데 노조의 다수가 혹하는 모양이야."

"그럴 거야. 사실 불쌍하다곤 하지만, 남은 남이거든."

새로 생긴 곳에서 일하게 되는 아이들이 불쌍하지 않은 것은 아니다.

하지만 인간은 이기적인 존재다.

보이지 않는, 아직 취업하지 않은 불쌍한 아이들보다 내 주머니로 들어오는 현금 몇 푼이 더 소중하다.

"기존 노조에서는 그들이 약속을 지키지 않을 걸 알겠지. 하지만 대부분의 사람들은 그걸 몰라."

벌써 25년 전 사건이 지금 무슨 영향력이 있느냐고 물을 것이다.

하지만 그건 개소리다.

'결국 아직 가족이란 말이지.'

그런 짓거리를 벌인 게 선임 사장이다. 그리고 현 사장은 그의 아들이다.

가정교육이 왜 중요한지, 아마 그 사람들은 절대 이해하지 못할 것이다.

"어쩔 거야? 가만두자니 넘어가는 사람들이 제법 될 것 같은데."

"흠……."

노형진은 턱을 문질렀다.

지금은 초반이라 아직 넘어가는 사람이 없다.

하지만 저쪽에서 이쪽과 대화하지 않고 새로운 노조와만 이야기하는 것 자체가, 이쪽에는 상당히 불리한 조건이다.

아무런 협상도 없이 싸우는 건 노조원들이 싸우는 방식이 아니다.

그러니 협상하기 위해서는 신노조로 가는 수밖에 없다.

"저들이 무슨 방법을 쓸지는 이미 알고 있었지. 인간의 속셈은 얄팍하니까. 그러니까 우리도 협상하지 않으면 그만이야."

"그러면?"

"한 가지만 확인하자."

"뭘?"

"그 신노조, 그거 누구야?"

"응?"

"그걸 보고 나면 방법이 나올 거야."

물론 누구인지 대충은 알고 있다.

하지만 이런 건 확실한 게 좋다.

그리고 확실하게 못을 박고 나면……

'아마 상황은 재미있어지겠지, 후후후.'

⚖

"결국 전 노조 임원이었다는 거군요."

"네. 그 개자식들이 그렇게 우리 뒤통수를 칠 줄은 몰랐습니다."

박운현은 이를 빠드득 갈았다.

그럴 수밖에 없는 게 신노조, 그러니까 사 측이 만든 어용 노조 구성원은 다름 아닌 전 노조 임원들이었기 때문이다.

"뭐, 흔한 일이지요."

노형진은 어깨를 으쓱했다.

"전혀 모르는 엉뚱한 사람이 나서거나 외부에서 온 지 얼마 안 되는 사람이 노조를 만든다고 설치면 의심하기 마련이니까요."

만일 대룡에서도 노형진이 데리고 들어간 사람이 실적을 보여 주지 않았다면 절대 사람들이 신흥 노조로 들어오지 않았을 것이다.

"거기에다 기존 노조의 내부에서 사람이 튀쳐나와서 새로운 노조를 만든다는 것 자체에 두 가지 이득이 있거든요. 첫 번째가 힘이 빠지는 거고, 두 번째가 전통성의 상실이죠."

일단 내전이 터지면 그 나라는 개판이 된다.

그리고 양측은 저마다 정통성을 주장하며 싸우기 마련이다.

"하지만 그들이 그럴 줄은……."

노형진이 피식 웃었다.

박운현 같은 사람들이 있다.

하지만 세상에는 그 같은 사람만 있는 게 아니다.

"설마 그들이 진보라서 믿은 겁니까? 진보 측 인사라고 해서 모두 바른 건 아닙니다. 그들 중 상당수는 권력을 따라서 온 겁니다. 모르지는 않으실 텐데요?"

"으음……."

"그들에게 중요한 건 진보니 보수니 사 측이니 노조 측이니 하는 소속이 아니에요. 자신의 손에 쥐게 되는 권력 그 자체이지."

권력을 쥐게 되면 상황은 바뀐다.

하지만 노동자인 그들이 사 측에 서서 권력을 쥐게 될 가능성은 거의 제로에 가깝다.

그들이 뭐라고 회사에서 그들에게 권력을 나눠 주겠는가?

"하지만 진보, 아니 노조는 다르죠."

다 같이 노동자고 리더십을 적당하게 보여 줄 수 있다면, 충분히 권력을 쥘 수 있다.

"하지만 위에는 당신 같은 사람이 있지요."

권력을 나누는 건 중요한 게 아니다. 자기보다 더 강한 권력을 가진 자가 있으니까.

"하지만 전 권력에는 관심이 없습니다!"

"그건 박운현 씨의 생각일 뿐이지요."

그들 입장에서 박운현은 거대한 권력자이며 쓰러트릴 수 없는 권력자다. 조합원들의 믿음도 강하게 받고 있고 말이다.

"그런데 회사에서 그 권력을 빼앗아 준다고 꼬드기는 겁니다. 거기에다 그들은 어용 노조죠. 그 말은 노조의 권력도 빼앗을 수 있을 뿐 아니라, 회사의 권력 역시 일부 쥘 수 있다는 겁니다."

"큭."

노형진이 핵심을 지적하자 박운현은 부정을 못 했다.

노동자들. 친구이자 동료를 위해 일했던 자신들과 다르게, 권력을 가지고 위에서 군림하려고 하던 자들이라는 걸 알고 있었기 때문이다.

　"마음에 안 들어도 어쩔 수 없죠. 하지만 일단 그들의 방법은 확실하게 먹히고 있습니다."

　"들었습니다. 다들 흔들린다면서요?"

　"네. 그나마 그런 식으로 쥐고 흔들어서 우리를 무너트린 후에 정작 약속은 안 지킨다고 잘 이야기해서 당장 움직이는 사람은 없습니다만……."

　"사 측에서 구노조와 이야기를 하지 않으니 방법이 없다 이거죠?"

　"네."

　"예상하고 있었습니다."

　"예상하셨다고요?"

　"네. 태양컨설팅에서 즐겨 쓰는 방법이니까요."

　한두 번 써먹은 게 아니다.

　하지만 다른 곳에서는 어떻게 대응하지 못하고 무너질 수밖에 없었다.

　불법도 아니고, 시간이 지날수록 불리한 것은 이쪽이니까.

　"그러면 노 변호사님은 방법이 있다는 건가요?"

　"네."

　"어떤……?"

"저들이 쓰려고 하는 건 조삼모사입니다. 하지만 인간은 원숭이가 아니죠."

"그거 가지고는 사람들을 잡지 못합니다."

"그게 아니에요."

"네?"

"조삼모사는, 결과는 같은데 이득을 주는 것처럼 상대방을 속이는 거죠."

아침에 세 개, 저녁에 네 개 대신에 아침에 네 개, 저녁에 세 개를 준다는 조삼모사는, 눈앞에 있는 이득만 노리는 어리석음을 뜻한다.

그리고 지금 태양컨설팅과 도건화학은 노동자들을 그러한 속임수로 속이려고 하는 거고.

"우리도 그걸 일부 차용하는 겁니다."

"어떻게요?"

"우리도 조건을 다는 거죠."

"조건?"

"네. 이미 조건은 완성되었으니까 저들을 쥐고 흔드는 건 어렵지 않습니다."

저들의 행동은 법적으로는 확실히 가능한 것이다.

하지만 그들은 아직 인간 자체를 이해하지 못하고 있었다.

"그들은 이쪽 세력에서 사람들을 빼 간 게 이득이라고 생각하고 있겠지요. 하지만 그게 도리어 약점이 될 거라고는 전혀 예상하지 못할 겁니다."

"우리를 배신한 사람들이 그들뿐이라는 보장은 없습니다."

노조 회의. 그곳에서 박운현은 심각한 얼굴로 말했다.

"그게 무슨 말씀이지요?"

"그놈들이 우리를 배신했는데, 그게 그들뿐이 아니라니요?"

"그들은 신분을 감추고 수년간 우리와 일했습니다. 그리고 결국 우리를 배신했죠. 그런데 그런 놈들이 다 나갔을까요? 저라면 내부에 누군가 사람을 두고 나가겠습니다. 그래야 계속 정보를 캐낼 수 있으니까."

"으음……."

다들 입을 다물었다.

박운현의 말이 맞다. 누군가를 두고 지속적으로 정보를 캐내는 것이 훨씬 이득이다.

"똑같은 놈들이 모조리 나갔을 거라는 것은 멍청한 생각이죠."

"그러면……."

박운현의 말에 노조 위원들은 서로를 바라보았다.

이 안에 누군가 배신자가 있을 것이라는 말.

의심을 하면서도 속이 편하지는 않았다.

"그건 너무 억측 아닙니까?"

"억측이 아닙니다. 그들도 얼마 전까지만 해도 이 자리에서 우리와 함께 이야기하면서 사 측의 부당 행위에 대해 분노하지 않았습니까?"

아이들의 인생을 망칠 수 없다며 극렬 투쟁을 주장하던 그들이었다.

그런데 지금은 나가서 사 측과 붙어, 아이들의 목숨을 위험하게 하고 있다.

오로지 자신의 권력을 위해서.

"……."

다들 아무런 말도 못 했다.

과거에서 아무것도 배우지 못한다면 문제가 되니까.

"그래서, 어떻게 하자는 겁니까?"

"그들을 감시합시다."

"어떻게요? 우리가 무슨 흥신소도 아니고."

"흥신소는 아니죠."

박운현은 입술을 혀로 적시며 침을 꿀꺽 삼켰다.

자신은 전혀 생각하지 못한 방법.

하지만 계획대로 된다면 자신들을 버리고 간 자들을 철저하게 고립시킬 수 있다.

"흥신소는 아니지만, 우리에게는 동지가 있습니다."

"그게 무슨 말이지요?"

"현상금을 겁시다."

"현상금요?"

"네. 노조에 그 정도 자금은 있으니까요."

4천 명의 노동자들. 그들에게 현상금을 걸자는 것이다.

"그들과 접촉하는 사람들에 대한 증거를 가지고 오면 1천만 원을 준다고 하는 겁니다. 프락치들이 분명히 있을 겁니다. 당연히 그들과 접촉하는 사람들이 있을 거예요."

"그건 말도 안 됩니다!"

"어째서요?"

"인권침해입니다, 그건!"

인권 운운하면서 벌떡 일어나는 한 남자.

그러자 박운현은 그런 그를 보면서 차갑게 말했다.

"그러면 회사 측에서 하고 있는 행위는 합법이라 생각합니까? 이건 명백하게 노조 파괴 행위고, 또한 인권침해 사항입니다."

"그건……."

"아니면? 그래서는 안 되는 뭐 다른 이유라도 있습니까?"

그러자 남자는 침만 꿀꺽 삼킬 뿐 아무 말 하지 못했다.

그래서는 안 되는 이유가 뭐가 있겠는가?

이미 이 안에 프락치가 있을 거라 의심받고 있는 상황인데.

"무조건 전부 조사하자는 게 아닙니다. 그저 의심스러운 사람만 이야기해 주면 됩니다. 그건 불법 사찰이 아니지요."

사람을 붙인 것도 아니다.

다만 의심스러운 장면을 보면 신고하라고 권고하는 것뿐
이다.

그리고 그 신고에 대한 대가를 지불할 뿐이고 말이다.

"그런……."

부정할 수 없는 사실에, 남자는 결국 입을 다물었다.

"현상금을 걸겠습니다. 그리고 프락치가 누군지 찾아봐야
지요."

박운현은 확실하게 못을 박아 놨다.

⚖️

"이게 효과가 있을까?"

손채림은 벽에 붙어 있는 현상금 공고를 보고 걱정스럽게
말했다.

신노조와 이야기하거나 뭔가 하는 장면을 본다면, 그리고
그 증거를 가지고 오면 현상금을 300만 원에서 최대 1천만
원까지 차등 지급하겠다는 공고.

"뭐, 다들 의심은 할 테니까."

내부에서 배신자가 나왔다.

그 상황에서 프락치가 있다고 의심하는 것은 자연스러운
현상이다.

당장 노동청만 봐도, 있지도 않은 내부 고발자를 찾는다고

게거품을 물면서 감사를 진행하고 있지 않은가?

"그건 알겠는데 말이야, 그런다고 신노조에 가려는 사람들을 막을 수 있을까? 현상금은 확실히 군침이 당기는 거긴 하지만 말이야, 사실 시간을 늦출 수는 있어도, 아예 막지는 못할 것 같은데."

"그건 그렇지."

이런 식으로 현상금을 올려 두면 신노조에서 다른 노조원들을 포섭하기 힘들어진다.

내부에서 누군가 만나거나 하면 다른 누군가가 찍어서 증거로 들고 갈 수 있고, 그러한 행동을 하면 조직에서 배척당할 수 있기 때문이다.

"당연히 대부분의 사람들은 신노조와 접촉을 꺼릴 테지. 하지만 영원히 막지는 못해. 그건 그래."

회사 내부에서 만나는 것은 서로가 서로를 감시하는 지금의 구조 때문에 충분히 막을 수 있겠지만, 회사 바깥에서 만나는 것까지는 어쩔 수가 없다.

거기에다 아예 척을 지더라도 저쪽으로 넘어가려고 하는 사람도 있을 수 있고.

"시간을 끄는 건 중요하지만, 그런다고 해서 상황이 바뀌는 건 아니잖아?"

"물론 이러한 현상금이 상황을 바꿔 주지는 못해. 하지만 이건 미끼일 뿐이야."

"미끼?"

"그래, 후후후."

노형진은 현상금 공고를 바라보면서 미소 지었다.

"이걸 보고 누군가는 증거를 가지고 올 거야. 물론 그 증거를 가지고 온 사람의 신분은 철저하게 보호하게 되어 있으니 누군지는 알 수가 없지."

심지어 그게 누군지, 박운현도 모른다.

그 증거를 받는 사람은 노조가 아닌 새론이다.

게다가 새론은 그 증거를 받아서 모을 뿐이다.

처음에 노조에서도 말도 안 되는 소리라고 했다.

쓰지도 못하는 증거를 모아서 뭘 어쩌겠다는 것인가?

"하지만 아 다르고 어 다른 게 법이지."

"응?"

"두고 봐. 그나저나 그 건은 어떻게 되어 가?"

"아, 조사는 이미 해 놨어. 그들이 동원할 만한 용역은 주변에서 뻔하니까."

저들의 최후의 방법은 다름 아닌 용역이다.

물론 그 방법을 쓸 때가 되면 최후의 발악이나 마찬가지다. 이쪽이나 저쪽이나 말이다.

"잘했어. 사람들도 다 배치해 놨지?"

"어. 그런데 이거 확실한 거야?"

"확실한 거야. 어차피 그들이 일하는 방식은 뻔하거든. 용역이라는 게, 매일 일이 있는 게 아니잖아."

노형진은 어깨를 으쓱했다. 그리고 다시 시선을 돌렸다.

"어떤 사람들이 어떤 증거를 모아 올지, 두고 보자고, 후후후."

이미 거미줄은 쳐 둔 상황이다.

그리고 상대방이 거기에 걸리기를 기다리기만 하면 된다.

⚖

"망할 놈들."

조태오는 눈을 찌푸렸다.

노조에서 만남 제보에 대한 포상금을 건 후, 노조원을 설득해서 신흥 노조로 데리고 오는 데 상당한 애로 사항이 발생했다.

대부분의 노조원들이 만남을 거부하거나 꺼리기 시작한 것이다.

그럴 수밖에 없다.

이야기만 나눴을 뿐인데 자칫 프락치로 의심받을 판국이니까.

"머리를 잘 쓰네요."

조태오는 짜증이 났지만, 그렇다고 해서 화가 날 정도는 아니었다.

"당장 부수어 버릴 수 있다고 하지 않았소! 그런데 아직도 왜 이 꼴인 거요!"

하지만 김양술은 길길이 날뛰었다.

그럴 수밖에 없다.

당장이라도 노조를 파괴하고 공장을 올려야 하는데, 파업을 하는 바람에 피해만 점점 커지고 있었으니까.

"상대방이 만만치 않습니다."

노형진을 생각하던 조태오는 턱을 문질렀다.

'대표님에게 도움을 요청해야 하나?'

하지만 그는 이내 고개를 흔들었다.

손 대표에게 도움을 요청한다는 것 자체가 자신의 무능을 증명하는 꼴이다.

그리고 손 대표는 기회를 두 번 주는 타입이 아니다.

'내가 여기까지 어떻게 올라왔는데.'

남을 질근질근 밟으면서 힘들게 올라온 자리다.

그걸 일 하나 때문에 다 날릴 수는 없다.

"걱정하지 마세요. 일단 외부에서 만나는 것은 부담이 없으니까."

"노조원을 죄다 바깥에서 만난다고? 그게 무슨 개소리요!"

"그게 아닙니다. 핵심 몇몇만 넘어오게 하면 되니까요."

조직에는 사람들을 이끄는 존재들이 있기 마련이다.

그런 만큼 그들만 잘 설득해서 이쪽으로 넘어오게 한다면,

이기는 것은 어렵지 않다.

"다만 예상보다 시간이 더 걸릴 뿐입니다."

"빌어먹을!"

"걱정하지 마세요. 이미 노조 임원 중 일부가 이쪽으로 넘어오기로 했습니다."

"그 말이 사실이오?"

얼굴이 환해지는 김양술.

"네. 다만 그만큼 돈을 챙겨 줘야 하겠지만요."

저들이 아무리 발악한다고 해도, 고작 300만 원의 상금으로 자신들을 막을 수는 없다.

더군다나 안다 해서 어떻게 할 수 있는 것도 아니다.

"그런 건 법적으로 아무런 문제가 안 됩니다."

"어째서요?"

"사람이 사람을 만나는 게 법적으로 어떻게 문제가 되겠습니까?"

"그건 그렇지."

"저들이 발악하는 겁니다. 길어 봐야 3개월, 그 안에 노조는 사라질 겁니다."

"내 조 팀장만 믿겠소."

"걱정하지 마세요. 노조는 사라질 겁니다. 그 후에는 마음대로 하시면 됩니다."

조태오는 그렇게 믿었다. 언제나 그랬기 때문이다.

그러나 이번에 그의 생각은 완벽하게 틀렸다.

⚖️

"고발요?"

박운현은 당혹감을 감추지 못했다.

노형진이 신흥 노조를 고발하겠다고 한 것이다.

"네."

"아니, 어떻게요? 증거가 없는데?"

"증거는 충분하지요."

노형진은 씩 웃으면서 잔뜩 뭉쳐 있는 서류를 탁탁 두들겼다.

지난 몇 주간 적지 않은 증거가 모여들었다.

노형진의 예상대로, 처음에는 사람들이 그들과 접촉하는 것을 꺼렸다.

하지만 몇몇이 넘어가자 사람들은 서로 눈치를 살피면서 기회를 노리기 시작했다.

"지금쯤 거의 효과가 없어졌죠."

"하아."

박운현은 한숨을 쉬었다.

노형진이 현상금을 걸라고 해서, 그걸 걸면 사람들이 겁을 먹고 접촉하지 않을 거라 생각했다.

하지만 처음만 그랬다. 지금은 전혀 아니다.

"맞아요. 효과가 거의 없어요. 내부에서 활개 치고 다니고."

"당연한 겁니다. 노조는 부자가 아니니까요."

"끄응…….."

노조는 기업이 아니다. 그러니 예비비가 있어도, 충분하지는 않다.

"현상금을 억 단위로 줄 수는 없죠. 그러니 지금쯤 돈이 없으리라는 것쯤은 알고 있을 겁니다."

"그러면?"

"네, 노조가 더 이상 돈을 지급할 여력이 없다는 걸, 사람들은 모두 알 겁니다."

"큭."

사람들은 처음에는 현상금을 받기 위해 적극적으로 고발했다. 하지만 돈이 떨어져서 더 이상 현상금을 주지 못한다는 사실을 아는 순간 돌변했다.

"당장 그들을 까발리면 안 됩니까?"

"안 됩니다. 우리가 노리는 건 내부 분란이 아니에요."

현상금을 받은 사람들과 그들과 접촉한 사람들을 까발리면, 그들은 파벌을 만들어서 서로를 공격하려고 할 것이다.

"그러면 유리한 건 어용 노조 측입니다."

이쪽 실탄은 떨어졌지만 저쪽 실탄은 아직도 많이 남았다.

"그러면 어쩌자는 겁니까?"

"우리 무기는 이거죠."

노형진은 접촉한 사람들의 명단을 내밀었다.

"우리는 이걸 가지고 그들을 노조 파괴로 고발할 겁니다."

"네?"

"노조 파괴는 불법입니다. 하지만 왜 저는 그걸 고발하지 않았을까요?"

"그건……."

박운현은 멍해졌다.

그러고 보니 현행법상 노조 파괴는 불법이다.

하지만 노형진은 그걸 고발하지 않았다.

사실 노조 파괴를 고발해서 이기는 것은 거의 불가능에 가깝다.

왜냐하면, 노조 파괴는 불법이지만 복수 노조는 합법이니까.

"그런다고 해서 이길까?"

노조에서 노동자들을 꼬시는 것은, 어찌 보면 복수 노조인 상황에서는 당연한 일이다. 그러니 노형진이 증거로 고발한다고 해도 재판부에서 인정받을 수 있을지는 알 수 없다.

"알아."

노형진은 고개를 끄덕거렸다.

"하지만 말이야, 노동자들의 월급은 뻔하지."

"어?"

노형진의 이야기를, 손채림과 박운현은 전혀 이해할 수가 없었다.

　신노조 위원장인 소평섭은 자신에게 날아온 소장을 보고 침을 꿀꺽 삼켰다.

　자신이 고발당했다. 그것도 노조 파괴로 말이다.

　미리 이야기를 듣기는 했지만, 진짜 당하고 나니 할 말이 없었다.

　"이거 어떻게 해야 합니까?"

　그가 떨리는 목소리로 묻자 조태오는 시큰둥하게 말했다.

　"전에 말하지 않았습니까, 당연히 고소 들어올 거라고? 하지만 저들은 아무것도 증명하지 못할 겁니다."

　"그건 압니다만……."

　"이런 거 한두 번 해 보는 거 아니에요."

새로운 노조를 만들면 기존 노조는 거의 정석대로 노조 파괴로 고소한다.

당연하다면 당연하다.

사실 기존 노조가 사 측과 사이가 좋지 않은 경우, 새로 생기는 노조는 거의 100% 사 측이 만드는 어용 노조니까.

"하지만 그걸 증명하는 건 불가능해요. 왜인 줄 알아요?"

"사 측이 끼어들었다는 증거가 없으니까요."

"잘 아시네."

사 측에서 노조를 만드는 데 끼어들었다는 증거는 없다.

새로운 노조가 만들어지고, 그들을 사 측에서 우선 협상 대상으로 삼는 것은 불법이 아니다.

그러니 그건 노조 파괴가 아니다.

"후우, 후우."

충분히 사전에 이야기도 듣고 각오도 했지만, 그래도 현실이 되어 눈앞에 닥쳐오니 소평섭은 심장이 떨렸다.

조태오가 그런 그의 어깨를 두들기면서 용기를 주었다.

"미리 말했잖습니까? 그냥 가서, 기존 노조의 횡포가 심해서 복수 노조를 만들었을 뿐이라고 하시면 된다고요. 무슨 뜻인지 알죠?"

"네, 압니다."

"좋습니다. 우리는 만난 적도 없고 본 적도 없는 거예요."

"네, 만난 적도 없고 본 적도 없습니다."

조용히 이야기한 조태오는 소평섭과 헤어져서 그곳을 나왔다. 그리고 미소를 지었다.

"결국 이런 식으로 나온다 이거지, 우후후. 천하의 노형진도 밑천이 드러난 모양이구먼. 하긴, 어쩌겠어?"

복수 노조는 합법이다. 그러니 노조 파괴라고 증명할 방법은 없다.

즉, 노조 파괴라고 고발한 시점에서, 노형진은 더 이상 쓸 수 있는 카드가 없다고 만천하에 공표한 것과 마찬가지인 것이다.

"그래, 천천히 부서져라."

조태오는 차가운 미소를 지으며 사라져 갔다.

⚖

같은 시각, 노형진은 경찰서에 있었다.

"여기 참고 자료입니다."

"참고 자료?"

"네. 그들이 노조 파괴를 위해 접촉한 사람들의 명단입니다."

"음…… 알겠습니다만……."

경찰은 그걸 접수받으면서도 떨떠름한 표정을 지었다.

"뭐 문제라도?"

"아니요……. 그건 아닌데……."

"말씀하세요."

"하아, 변호사님도 아시잖아요. 접촉 자체는 불법이 아닙니다. 복수 노조잖아요."

노형진은 고개를 끄덕거렸다.

말 그대로 접촉은 불법이 아니다.

"압니다."

"다시 말해서, 이런 식으로 접촉한 증거를 가지고 오셔도 이게 노조 파괴의 증거가 되지는 않아요. 뭐, 형사인 저보다 더 잘 아시겠지만."

"압니다."

모를 리 없다.

노형진은 굳이 이런 말을 하는 형사를 보면서 속으로 혀를 끌끌 찼다.

'안 봐도 뻔하구먼.'

일선 경찰이 변호사에게 이런 말을 하지는 않는다.

저런 말을 하는 경우는, 개인적으로 친분이 있거나 자신이 뭔가 켕기는 경우다.

'위에서 무슨 말이 나왔구먼.'

안 봐도 뻔하다. 사건 대충 무마하라는 이야기가 나왔겠지.

사 측에서 경찰에도 소위 기름칠을 했을 것은 뻔한 일이니까.

그런 게 한두 번도 아니고.

"그냥 그렇다고요."

경찰은 미안한 듯 시선을 스윽 돌렸다.

"걱정하지 마세요. 저희는 경찰의 노고를 잘 알고 있습니다."

"그러면 감사한데……."

"다만 확실하게 확인은 하고 싶어서요."

"확인?"

"참고인 조사 정도는 해 주실 거죠?"

"그거야…… 어렵지 않죠."

애초에 이런 증거가 들어오면 목록에 올라간 사람들을 참고인으로 조사해야 한다.

그들이 접촉한 증거는 있지만 그들이 무슨 말을 했는지는 여기에 없다.

그러니 그들이 만나서 단순히 노조 이동에 대한 이야기를 한 건지 아니면 기존 노조 파괴에 대한 이야기를 한 건지 확인하기 위해 참고인 조사를 해야 하는 것이다.

물론 상대방이 만만한 사람이라면 거를 수도 있겠지만.

'새론이라……'

나름 대형 로펌이니, 아무리 사건을 덮으라고 이야기를 들었다고 해도 대충대충 설렁설렁 하면 꼬투리가 잡힐 수 있다.

"그 부분은 알아서 하겠습니다."

"그러면 잘 부탁드립니다."

노형진은 경찰에게 인사하고 그곳에서 나왔다. 그리고 차에 와서 넥타이를 풀면서 옆 좌석에 앉았다.

"법원 가자."

"내가 운전기사여?"

"손 기사, 운전해."

"하여간 말이나 못 하면."

손채림은 입을 삐쭉 내밀면서 운전을 시작했다.

"형사는 고소 넣었지만, 알지, 이미 저쪽에서 기름칠해 둔 거?"

"알지."

"그런데 네가 말한 함정에 과연 저쪽이 걸릴까?"

"걸리지. 걸릴 수밖에 없어. 월급쟁이들이 돈이 어디에 있어?"

"하긴."

월급쟁이는 가난하다는 노형진의 말.

그 말을 손채림은 이해하지 못했다.

하지만 곧 소장을 받아 들면서 눈치챌 수 있었다.

"그나저나 어이가 없겠다."

"뭐가?"

"태양 쪽에서 보면 자기들 방식에 자기들이 당하는 거잖아."

"그렇지, 후후후."

"그래서 역습당하면 결국 마지막 방법을 쓰겠지?"

"그럴 수밖에 없어. 지금까지 그래 왔고."

"위험한 방법인데? 우리가 있다는 걸 알면서도?"

"글쎄, 그것까지는 쓰지 않는 게 확실히 좋긴 한데 말이지."

그리되면 이 모든 싸움은 여기서 끝이 날 것이다.

하지만 과연 상대방이 그냥 패배를 받아들이고 뒤로 물러날까?

'그럴 것 같지는 않으니 문제란 말이야.'

지금까지 한 번도 패배해 본 적이 없는 그들이다. 그러니 최후까지 저항하려고 덤벼들 가능성이 높다.

"그나저나 아버지한테서는 연락 없어?"

"있겠냐?"

손채림은 눈을 찌푸렸다.

"다만……."

"응?"

"아니야……. 아직 확정적인 건 아니니까……."

손채림은 무슨 말을 하려다가 말을 흐렸다. 그리고 창밖으로 시선을 돌렸다.

"이번 사건으로 인해 집에서는 널 더 싫어할걸."

"뭐, 언제는 나 좋아했냐?"

"하긴."

노형진을 무척이나 싫어하는 손하균이다.

이유는 알 수 없지만, 거의 혐오의 수준이다.

오죽하면 법에 관심이 없던 손채림을, 노형진과 싸우게 하기 위해 법 쪽으로 밀어넣었을까?

웃기게도 그 때문에 노형진과 손채림이 친해졌지만.

"에효, 내 팔자야."

"너같이 편한 팔자가 어디에 있다고."

"눈치라고는 개떡같이 없어요. 저 눈치로 무슨 변호사를 한다고."

"내 눈치가 어때서?"

모른 척 시선을 돌리는 노형진.

그리고 손채림은 슬쩍 그를 흘겨보다가 급가속을 하기 시작했다.

"어어어어?"

"스트레스에는 스피드지!"

"으어어어! 줄여! 줄여!"

"가즈아아!"

"으아아아! 안전 운전!"

노형진의 처절한 비명이 하늘에 울려 퍼졌다.

⚖️

"이 무슨······?"

소평섭은 소장을 보고 침을 꿀꺽 삼켰다.

소장이 날아왔다.

사실 형사 고발된 걸 알고 있으니 날아올 것은 알았다. 하지만 이건 전혀 예상하지 못했다.

"120억? 지금 120억을 내놓으라고?"

"미친놈들!"

구노조에서 자신들에게 노조 파괴의 책임을 물어서 무려 120억의 손해배상을 청구한 것이다.

"이게 말이나 됩니까!"

"이건 말도 안 됩니다!"

어이가 없다는 듯 외치는 임원들.

120억이라니. 그게 무슨 뉘 집 개 이름도 아니고 말이다.

"기가 막히는군."

조태오는 자신과 똑같은 방법을 저들이 쓸 줄은 몰랐다.

노조에 터무니없는 돈을 청구해서 와해되도록 하는 방법.

"이거 줘야 하는 거 아니죠?"

"개소리 마요. 어차피 형사에서 이기는 건 확정되어 있습니다. 경찰 쪽에도 확답받아 놨어요. 우리가 이야기하는 대로 다 맞춰 줄 겁니다."

"그런데 왜……?"

"글쎄요……."

조태오는 이해가 가지 않았다.

'그 소송은 이기지 못할 텐데?'

역사적으로, 지금까지 노조 파괴에 대한 고발에서 노조 측이 이긴 적이 없다.

증명 자체가 불가능에 가깝거니와, 노조가 어느 정도 힘이 있다는 건 즉 회사 역시 상당한 규모라는 뜻이기 때문이다.

그 말은, 사전에 미리 경찰과 검찰, 법원에 기름칠을 해 둔다는 뜻이기도 하고.

'그런데 어째서? 혹시 내가 모르는 다른 뭔가가 있는 건가?'

조태오는 눈을 꿈틀거렸다.

'설마…… 하지만…….'

자신이 모르는 게 있을지도 모른다는 두려움이 심장을 미친 듯이 두들겼다.

'하긴…… 이놈은 정석에서 벗어나는 놈이야.'

처음부터 그랬다.

파업할 거라 생각했는데 작업 중지 명령으로 타격을 주고, 그 후에 파업을 해서 시정에 걸리는 시간이 길어지게 했을 뿐 아니라 외부에 따로 일을 맡기느라 이중으로 돈이 나가게 만들었다.

그래서 그는 접촉에 대한 증거를 모아서 겁을 줄 거라 생각했다. 하지만……

"지금 접촉하는 사람들 없죠?"

"전부 갑자기 연락이 끊겼습니다."

"망할 놈."

"도대체 왜 이러는 겁니까?"

"당한 겁니다. 애초에 증거를 모으는 게 목적이 아니었던 거예요. 어쩐지 뻔하게 보이는 작전을 쓴다 싶더니. 큭, 빌먹을."

처음에는 효과를 발휘했지만, 결국 현상금이 떨어지자 그

공지는 유명무실해졌다.

자신도 거기까지는 예상했다.

하지만 그 후, 미처 예상하지 못한 게 있었다.

"경찰에게 꼭 관련자들을 소환 조사하라고 했다더군요."

"그게 중요한가요?"

"중요하죠. 당신들과 만난 사람들이 모조리 경찰에 끌려갔다는 소리입니다."

"하아?"

"다른 노조원들이 뭐라고 생각할까요?"

"그건…… 허억!"

그제야 그게 어떤 효과를 발휘한 건지 알아차린 소평섭은 얼굴이 사색이 되었다.

어쩐지 요즘 접촉 중이던 사람들이 연락을 끊거나 자신을 피한다 싶었다.

심한 경우는 다시 원래 노조로 돌아가는 사람도 있었다.

도무지 이해가 가지 않았는데, 들어 보니 이해가 갔다.

"당신네 노조 문제로 경찰에서 조사를 한다는 것 자체가, 신노조에 대한 이미지에 좋지 않은 겁니다."

그들과 만났던 모든 사람들이 경찰 조사를 받았다.

하지만 좋게 말해서 참고인인 거지, 법에 대해 잘 모르는 일반인들에게는 경찰의 소환을 받아 조사를 당한다는 것 자체가 심각하게 겁나는 일이다.

"우리가 졸지에 불법 취급을 받고 있는 겁니다."

조태오는 이를 빠드득 갈았다.

판결은 안 떨어졌다.

그렇지만 참고인 조사를 함으로써, 자신들은 노동자들에게 '불법 이미지'가 박혀 버렸다.

"소송은 3심까지 가겠네요."

전이라면 자신들이 유리했겠지만 지금은 아니다.

3심까지 가는 동안 짧게는 4년에서 5년은 걸릴 테고, 이미 불법 이미지가 박혀 있는 신노조에 노동자들은 가입을 꺼릴 것이다.

그나마 이긴다고 하면 신노조가 부활할 수도 있지만…….

'최소 4년인데?'

최소 4년.

그 기간이면 기존 노조가 사 측을 자빠트려서 개 패듯이 패고도 남을 시간이다.

"망할 놈!"

전혀 예상하지 못했다, 자신들이 이렇게까지 밀려 나갈 것이라고는.

"그러면 어쩌죠? 당장 노조원을 못 구하면…….

노조원이 없는 노조는 노조가 아니다.

사 측에서 아무리 우선 협상 대상으로 한다고 해도 말이다.

"염병할…….

이 상황에서 신노조가 이기는 방법은 단 하나뿐이다.

사 측이 신노조 측과 약속한 것을 지키는 것이다.

그러면 신노조 측에 정당성이 부여된다.

'하지만 신노조 자체가 약속을 지키지 않으려고 만든 곳인데?'

당연히 회사에서는 그 약속을 지키지 않을 것이다.

그러면 그렇게 시간이 지날수록 노조에 대한 믿음은 떨어질 테고, 불법이라는 이미지와 결부되면서 끝없이 무너져 갈 것이다.

"후우……."

조태오는 심호흡을 했다.

"해결책을 가지고 오겠습니다."

"네? 어떻게요?"

"제 힘으로는 안 됩니다. 하지만…… 도와주실 분을 한 분 알고 있지요."

조태오는 눈을 감았다가 번쩍 떴다.

망해서 내쳐지는 것보다는, 도움을 청하고 승리하는 게 차라리 나았다.

⚖

"제대로 당했군."

손하균은 보고서를 보면서 속으로 혀를 끌끌 찼다.

이건 그도 생각하지 못한 방법이었다.

노조 파괴의 가장 강력한 방법 세 개가 실패했다.

다른 방법이 없는 것은 아니나, 이 세 개를 실패하면 전부 의미가 없는 방법들이었다.

"죄송합니다."

"30% 감봉 4개월."

괜찮다 또는 그럴 수 있다는 말은 없었다.

그저 실패에 대한 책임만이 있을 뿐.

'큭.'

조태오는 입술을 깨물었다.

하지만 그런 손하균의 말에 대꾸는 하지 않았다.

오히려 한편으로는 놀랐다.

고작 30% 감봉 4개월이라니. 그의 성격을 보면 엄청난 선처다.

"실패는 용납할 수 없다. 하지만 상대가 좋지 않았다는 점은 감안해 주지."

손하균은 서류에서 눈도 떼지 않고 중얼거렸다.

들어도 그만, 안 들어도 그만이라는 식이다.

"감사합니다, 대표님."

조태오가 고개를 숙여서 감사의 인사를 건네는 것을 본 척도 하지 않으면서 손하균은 탁자를 톡톡 두들겼다.

'노형진이라……. 마음에 안 드는 놈.'

애초부터 마음에 안 들었던 놈이다.

그런데 자신의 앞까지 가로막는다.

새파랗게 어린 놈이 말이다.

그렇다고 밟아 버리기에는 이미 너무 커 버렸다.

"대표님, 어떻게 할까요?"

"방법이 있나?"

"네?"

"상대방은 노형진이다. 형사에야 적당히 기름칠해 놨으니 이기겠지. 하지만 민사는 예상하지 못했으니까."

즉, 민사에는 적당히 기름칠을 하지 못했다는 소리다.

"여기서 진다면 새로운 노조가 재기할 가능성은?"

"없습니다."

한두 푼도 아니고 120억이다.

애초에 진다는 것 자체가 타격이 될 것이다.

전액 인정은 되지 않을 테지만, 졌다는 사실 자체가 중요하다. 안 그래도 노형진에게 놀아나서 불법이라는 이미지를 뒤집어쓴 상황에서 말이다.

"이겨야 한다, 어떻게든."

"그러면?"

"변호사를 지원해 주지."

"감사합니다!"

조태오는 고개를 팍 숙였다.

"감사할 것 없다. 그만한 대가를 받을 테니까."

"아, 네! 사장에게 말해 두겠습니다."

"최고의 라인으로 준비해 두도록 하지."

손하균의 눈이 차갑게 빛났다.

지금까지 눈앞에서 재롱을 떠는 것을 그냥 두고 봤다. 하지만 노형진은 그 재롱의 선을 넘었다.

"한 번은 밟아야 할 때이니까 말이야."

"와우."

노형진은 답변서를 보면서 혀를 내둘렀다.

"전담 변호사가 다섯 명이야! 빵빵한데?"

"빵빵? 지금 그런 말이 나올 때야!"

"맞습니다. 저놈들, 작심하고 덤비고 있단 말입니다."

손채림은 노형진의 말에 발끈했다.

그들이 보낸 답변서에 적혀 있는 다섯 명의 변호사.

중요한 건 숫자가 아니라 그들의 기존 타이틀이었다.

"지법원장 출신이 세 명, 부장검사 출신이 한 명, 지검장 출신이 한 명이네."

"알면서 와우 소리가 나와?"

이 정도면 진짜 사람을 죽여도 풀려날 정도의 초호화 라인

업이다.

"하긴, 억울하기는 하다. 여기는 나 혼자인데 말이지. 이거 뭐, 내가 무슨 전대물에 나오는 괴수야? 5 대 1로 처바르네."

"하아? 지금 그걸 농담이라고……."

손채림은 어이가 없었다.

안 그래도 불리한 소송이다. 그런데 저쪽은 이쪽을 죽일 각오로 덤비고 있다.

그런 판에 농담을 하고 있다니.

"노 변호사님, 진짜로 이길 수 있는 겁니까?"

심지어 법에 대해 잘 모르는 박운현조차 걱정을 감추지 못했다.

전관이 얼마나 비싼지 그리고 얼마나 대단한지, 그도 알고 있기 때문이다.

"걱정하지 마세요. 제가 원하는 대로 되고 있으니까요."

지금까지야 차분하게 일했지만 이제는 거의 끝을 향해 달려가고 있어서 그런지, 노형진은 절로 미소가 나왔다.

현장에서 보게 될 김양술의 표정이 자꾸 생각났다.

"전관인데요?"

"전관이기는 하지요. 하지만 전관이라서 문제가 되는 겁니다."

도무지 이해가 가지 않는 상황이었다.

노형진은 어리둥절한 두 사람에게 말했다.

"전관은 솔직히 예상 못 했습니다만."

"그러면 불리한 거 아냐?"

"아니, 전관이라서 더 유리해진 거야. 왜냐하면……."

노형진은 손채림에게 뭔가를 이야기했다.

그러자 손채림의 얼굴이 환해졌다.

"그러면 네가 뭘 준비해야 할지 알겠지?"

"그럼. 이거 이거, 아버지가 나한테 도움이 되는 경우도 있네, 호호호."

"그러게, 하하하."

갑자기 웃기 시작하는 두 사람을, 박운현은 걱정스럽게 바라보았다.

⚖️

"친애하는 재판장님, 이번 사건에서 노조 파괴를 노리고 이루어진 일은 하나도 없습니다. 모든 증거는 일상적으로 이루어지는 복수 노조의 행동입니다."

전관 변호사들이 나와서 변론하기 시작하자 어떻게 반박할 수가 없는 말들이 쏟아져 나왔다.

물론 반박하려고 한다면 못 할 것은 아니었다.

하지만 노형진은 그저 가만히 앉아서 듣고만 있었다.

"원고 측 변호사, 더 주장할 거 있습니까?"

판사는 변론을 정리하면서 노형진에게 물었다.

그리고 건너편에 앉아 있는 전관 변호사들은 미소를 지으면서 노형진을 깔보는 시선으로 내려다보았다.

'네놈이 소위 신흥이라고 잘나갈지 모르지만, 우리한테는 아직 멀었다.'

'너 따위가 전관을 이겨? 웃기는군.'

'순수 변호사 따위가, 해 봤자 뻔하지.'

애초에 기업 편을 들어 주는 국가정책 때문에, 이러한 소송에서 기존 노조가 이긴 경우는 단 한 번도 없었다.

그렇게 대충 일하는 것도 아니었고.

"친애하는 재판장님."

노형진은 지금까지 한참 두들겨 맞았음에도 불구하고 차분한 표정으로 일어났다.

마치 지금까지 들었던 모든 말들이 의미가 없다는 듯 말이다.

"증인을 신청해도 되겠습니까?"

"증인요?"

"그렇습니다."

"음…… 증인이라……. 누구를 신청할 겁니까?"

사실 이건 어떤 증인을 신청해도 뒤집을 수 없는 사건이다.

법적으로 보면 노형진이 가진 모든 증거는 복수 노조를 증명할 뿐, 노조 파괴를 증명하지는 않으니까.

아 다르고 어 다른 게 법이니 뭘 주장하느냐에 따라서 증거가 가지는 의미가 달라진다.

그리고 지금 상황은 노형진에게 확실히 불리했다.

"제가 신청할 증인은……."

노형진은 시선을 돌려서 재판정에 앉아 있는 김양술과 조태오를 바라보았다. 그리고 한번 씩 웃어 줬다.

'뭐지?'

조태오는 그 미소에서 섬찟한 기분이 들었다.

철저하게 불리한 상황.

증거들이 모두 의미가 없는 상황.

그 상황에서조차 자신을 보고 웃다니.

"피고 측 변호사입니다."

"에?"

"피고 측 변호사?"

"잠깐만요. 피고 측 변호사를 증인으로 신청한다고요?"

"그렇습니다, 재판장님."

지금까지 없었던 초유의 사태에 다들 어이가 없어 했다.

증인이라는 것은 당연히 사건 관련자를 뜻한다.

피고 측 변호사는 그냥 변호만 할 뿐, 사건 당사자가 아니다.

그런데 피고 측 변호사를 증인으로 신청한다니?

"정확하게는, 윤창모 변호사를 신청합니다."

거기에다 윤창모 변호사를 신청한단다.

"허?"

윤창모 변호사는 어이가 없어서 헛웃음이 나왔다.

자신은 서울의 지검장 출신의 변호사다.

그런데 자신을 증인으로 요청하다니? 그것도 자기 사건에서?

"저런 버르장머리없는 놈을 봤나."

"기가 막히는군요."

다른 변호사들도 어이가 없다는 듯 노형진을 비방했다.

"음…… 어쩌시겠습니까?"

판사는 슬쩍 다른 변호사들의 눈치를 봤다.

하늘 같은 선배들이다. 그러니 하라고 할 수가 없다.

물론 외부적으로는 갑자기 증인으로 신청된 거니 안 한다고 해도 그만이니까 물어본 거지만.

"하도록 하지요."

윤창모 변호사는 피식 웃었다.

새파란 후배가 자신을 도발했다. 그것도 전혀 관련이 없는 사건으로 말이다.

'오냐, 어디 한번 재롱 떨어 봐라.'

자신에게 뭘 묻고 싶은 건지 궁금했다.

사실 뭘 물어봐도 자신은 모른다고 대답하면 그만이다. 그리고 그게 사실이다.

자신은 이번 사건의 당사자도 아니고, 아는 것은 서류로 본 것뿐이니까.

그런 건 이미 다 주장했으니까, 멍청하게 그의 말장난에 걸릴 일도 없다.

"감사합니다."

노형진은 일단 선배에게 예를 보였다.

그리고 윤창모가 증인 선서를 하고 증인석에 서자, 앞으로 나가서 그를 바라보았다.

예의를 지키는 것은 거기서 끝났다.

"증인."

"네."

아무리 그가 법조계 선배라고 하지만 여기서는 서로를 존대해야 한다.

하지만 말투만 존댓말일 뿐, 윤창모의 얼굴에는 최소한의 존중도 없었다.

'뭐, 상관없지.'

어차피 그에게 재롱 떨려고 만난 게 아니기 때문에 노형진은 속으로 피식 웃었다.

여기서 재판하려고 하는 이유?

그건 이기기 위한 게 아니다.

여기에 이들을 끌어내기 위해서다.

"증인은 도건화학의 신노조의 구노조에 대한 노조 파괴 행위에 대한 변론을 하고 있는 중이지요?"

"맞습니다."

"그러면 증인이 담당하고 있는 사건은 형사와 민사 중 어떤 것인가요?"

"형사와 민사 둘 다입니다."

"그렇군요."

노형진은 고개를 끄덕거렸다.

그리고 느긋하게 이쪽을 바라보고 있는 자들을 돌아보았다.

'뭐, 이런 건 말을 돌릴 질문도 아니지.'

함정을 파 봐야, 닳고 닳은 변호사들이 모를 리 없다.

그렇다면 차라리 핵심을 찌르는 게 더 빠르다.

"그러면 묻겠습니다. 수임료가 얼마입니까?"

"뭐요?"

사건에 대한 질문이 나올 거라 생각했다.

그런데 뜬금없이 수임료에 대한 질문이라니?

"그게 무슨 상관입니까?"

"아주 상관이 있지요."

"수임료는 이번 사건과 상관이 없습니다."

"증인, 증언을 거부하면 위증죄로 처벌받을 수 있습니다."

윤창모는 눈을 부릅떴다.

증인석에 올라간 이상 증언거부는 있을 수 없다.

노형진은 그런 그를 몰아붙이기 위해 미리 준비한 자료를 꺼내 들었다.

손채림이 지난 며칠간 조사한 내용이었다.

"재판장님, 여기 참고 자료로, 피고 측 변호사들의 역대 사건에 대한 변론 비용을 알아보았습니다. 이 기록에 따르면 최저 1억, 최고 5억을 받았습니다. 개인별로 말입니다."

노형진은 그렇게 말하면서 다른 것을 꺼냈다.

"그리고 법무 법인 태양의 수임료 판단 기준입니다. 일반적으로 적용되는 사건인 만큼, 태양이 이 정도의 돈을 받았다고 추측할 수 있지요."

"그래서요? 그게 이번 사건과 무슨 관계가 있다는 겁니까!"

윤창모는 당장 말을 끊어 버리고 싶었다.

하지만 자신은 여기에 증인으로 있는 거지 판사가 아니다.

설령 판사라고 해도 변호사의 말을 끊지는 못한다.

"이 기준에 따르면, 100억 기준으로 선입금이 소송 금액의 3%, 그리고 승소 시 승소 비용 5%를 추가로 주도록 되어 있습니다. 이번 사건의 총비용은 120억입니다. 이를 기준으로 계산하면 최소 수임 비용만 3억 6천만 원입니다. 승소 비용을 뺀 순수 수임료만 말이지요."

"크험."

상대방 변호사들은 당혹감을 감추지 못했다.

하지만 노형진의 공격은 아직 끝나지 않았다.

"그리고 이분들은 전관 변호사님들입니다. 방금 말씀드린 수임료는 전관 변호사님이 아닌 다른 분들을 기준으로 한 금액입니다. 다시 말해서, 이분들에게는 전관료를 따로 붙여야 한다는 겁니다. 다른 기록을 기준으로 본다면, 전관료는 최저

1억입니다. 개개인에게 줘야 한다는 말이지요. 그러면 이번 사건에 대한 수임료는 최소 8억 6천만 원이라는 소리입니다."

피고 측 변호사들의 표정이 떨떠름에게 변했다.

노형진이 자신의 수임료를 걸고 넘어지는 게 기분이 나쁜 표정이었다.

"그래서요? 수임료는 변호인과 의뢰인의 기밀 사항입니다만."

"보통은 그렇지요. 하지만 아까 증인이 뭐라고 했지요? 형사와 민사 모두 자신들이 하고 있다고 했습니다. 그리고 현행법상 형사와 민사는 전혀 별개의 건으로, 각 건에 대해 따로 수임료를 받아야 합니다."

그건 당연한 말이다.

그리고 노형진이 노리는 것은 바로 그 부분이었다.

"그러면 단순 두 배로 본다고 해도, 수임료는 무려 17억이라는 소리입니다."

"……."

어마어마한 수임료에, 좌중에는 침묵이 흘렀다.

노형진은 그들을 보면서 다른 자료를 꺼내 들었다.

"재판장님, 현행법상 노조는 투명한 운영을 위해 운영비 등을 공개하게 되어 있습니다. 물론 자세한 운영비를 공개할 필요는 없지만, 가지고 있는 자금의 한계 등은 알 수 있지요. 더군다나 피고 측은 생긴 지 얼마 안 되는 새로운 노조입니다. 노조의 기본 자금은 법에서 인정된 회사의 지원금과 노동자들이 내는 노조비이고, 이 기록에 따르면 피고 측의 총 예산은 3,400만 원입니다. 그런데 어떻게 17억이 넘는 변호사 비용을 감당할 수 있었을까요?"

윤창모는 당황했다.

노형진이 자신을 왜 증인으로 세웠는지 알아차린 것이다.

'이런 미친…… 당했다.'

대부분의 변호사들은 사건에 매달리지 상대방 변호사 비용까지는 생각하지 못한다.

하지만 노형진은 그렇지 않았던 것이다.

"재판장님, 피고 측인 신노조에 대한 예산 집행 기록을 보면, 변호사에게 지급한 기록은 없습니다. 또한 신노조 구성원의 재산 역시, 변동 사항이 없는 것으로 나오고 있습니다. 그렇다면 무려 최소 17억이라는 금액이 어디선가 흘러나왔다는 겁니다."

"크음……."

"그 돈이, 저희는 사 측에서 흘러나왔다고 생각합니다만?"

노형진은 고개를 돌려서 김양술과 조태오를 바라보았다.

그들은 하얗게 질린 얼굴로 노형진을 바라보고 있었다.

"그런 의미에서 묻겠습니다. 증인, 수임료를 누구에게 받았습니까?"

"……."

윤창모는 뭐라고 말을 해야 할지 알 수가 없었다.

증언을 하자니 자기 입으로 사 측의 노조 파괴 행위를 인정하는 꼴이고, 안 하자니 증언을 거부하는 꼴이고…….

"증인, 증인은 아까 증인 선서를 했습니다. 어떠한 거짓이나 묵비권도 인정되지 않습니다. 만일 그런다면, 증인은 위증죄로 처벌받을 수 있습니다."

윤창모의 얼굴이 사정 없이 찡그러졌다.

하지만 방법이 없었다.

"어디서 받았습니까?"

"그건……."

차마 입을 떼지 못하는 윤창모.

"어차피 의심스러운 상황인 만큼, 해당 사항에 대해 고발이 진행될 겁니다."

그러자 윤창모는 천천히 입을 열었다.

⚖️

"기가 막히네."

상대방의 화려한 전관이 도리어 화려한 증거가 되어 버렸다.

그 정도의 화려한 전관을, 애초에 쓸 수가 없는 상대방이 썼다는 사실 자체가 부정할 수 없는 증거인 셈이다.

"그러면 변호사들을 끌어낸 건 변론을 듣기 위함이 아니었군요."

"네. 애초에 변호사들은 변호사로서 재판정에 온 게 아니라 증거로서 끌려 나온 거예요. 본인들은 모르지만."

부정할 수 없는 사실에, 윤창모는 사실대로 말할 수밖에 없었다.

한두 푼도 아니고 무려 17억, 아니 22억의 자금 출처를 감출 수는 없었기 때문이다.

"상식적으로 노조가 소송하는데 회사가 22억이라는 소송 비용을 준다는 건 말이 안 되죠. 노조 파괴를 위해 만들어졌다는 가장 확실한 증거인 셈이죠."

"하."

어이가 없어서 헛웃음만 나오는 박운현이었다.

처음에는 전관이 나와서 무서웠는데 도리어 그 전관이 더 확실한 증거라니.

"도대체 어떻게 안 거야?"

"뭘?"

"태양에서 그런 식으로 나올 거라는 거 말이야."

손채림은 어이가 없었다.

그녀의 아버지는 결코 무능한 사람이 아니다. 그런데 이런 식으로 당할 줄은 꿈에도 생각 못 했다.

"너희 아버지가 나 무지하게 싫어하잖아."

"그거야 그런데……."

"슬슬 나를 한번 밟으려고 덤빌 거라고 예상한 거지."

"하지만 이번 사건의 전면에 나선 적은 없잖아."

"보이지 않는다고 해서 존재하지도 않는 건 아니잖아. 게다가 아무리 그런다고 해도, 너희 아버지가 공짜로 변론해 줄 사람이야? 더군다나 자신도 아니고 전관을 써서? 당연히 돈은 돈대로 받고 나도 밟으려고 했겠지."

어깨를 으쓱하는 노형진.

손채림은 그런 그를 보고 혀를 내둘렀다.

'결국 아버지는 형진이 손아귀에서 놀아난 거네.'

아버지는 뒤에서 자신이 어둠의 인물처럼 행동하고 있다 생각했을 것이다.

하지만 이미 노형진은 그의 반응을 예상하고 방어책뿐만 아니라 공격까지 준비해 둔 것이다.

"회사에서도 22억이나 되는 자금의 흐름을 감출 수는 없어. 차라리 그저 그런 변호사를 썼다면 내가 당황했겠지."

하지만 김양술과 조태오 그리고 손하균은 노형진에게 당한 것이 억울해서인지 제대로 밟아 버리려고 들었다. 그리고 그게 패인이 되었다.

"그러면……."

"자, 자, 나중 이야기는 나중에 하자고. 일단 확실한 증거가 나왔으니 회사 측도 움직임이 빨라질 테니까."

"빨라진다니요?"

"상식적으로 생각해 보세요. 이번 소송에서 그들이 노조 파괴를 했다는 가장 확실한 증거가 나왔습니다. 당연히 형사에 영향을 주겠지요. 그렇다면 김양술이 순순히 물러날까요?"

박운현은 등골이 오싹했다.

형사처벌이 나오면, 그는 재수 없으면 사장 자리를 잃게 될 수도 있다.

어찌 되었건 현재 도건화학은 주식회사이니까.

"가능하면 빨리 노조를 폐쇄하려고 할 겁니다."

"그러면?"

"지금 그들이 다급하게 써먹을 수 있는 카드는 하나뿐이지요."

노형진은 그렇게 말하면서 손채림을 바라보았다.

손채림은 그 시선을 받고는 어디론가 전화를 걸었다.

"마지막 싸움을 할 때입니다."

⚖️

제대로 당한 김양술과 조태오.

그들은 재판이 끝나기 무섭게 서로 대립하기 시작했다.

"당장 멈춰야 합니다. 저 녀석은 괴물입니다! 우리가 뭘 어쩔지 다 알고 있단 말입니다!"

조태오는 어떻게든 김양술을 말리려고 했다.

하지만 김양술은 눈깔이 돌아가 있었다.

돈은 돈대로 날리고, 도리어 그 돈 때문에 형사처벌을 피할 수 없게 되었기 때문이다.

"개소리하지 마! 너희가 제대로 한 게 뭐가 있어!"

전과 다르게 반말로 고래고래 소리를 지르는 김양술.

"애초부터 제대로 했어야지! 돈은 돈대로 달라고 해 놓고, 그것 때문에 나를 엿을 먹여?"

"그건 어떻게든 면피할 수 있습니다. 빌려줬다거나 하는 식으로."

"미친 새끼야! 그걸 누가 믿어!"

한두 푼도 아니고 무려 22억이다.

그걸 사 측이, 사실상 앙숙인 노조에 소송비용으로 빌려준다?

지나가던 개도 웃을 말이다.

"그 새끼들을 다 밟아 버리겠어!"

회사에서 천막 농성을 하는 자들을, 결국 김양술은 힘으로 밀어내겠다고 저러는 것이다.

"헛소리하지 마세요!"

그리고 조태오는 어떻게든 그런 김양술을 말리려고 했다.

소송까지 예측해서 증거로 삼은 노형진이 용역을 모를 리 없다. 그런데 만일 거기에까지 함정이 있다면…….

'망한다. 난 망하는 거야.'

이미 자신은 너무 깊숙이 들어왔다.

이제 와서 계약을 파기했다고 주장한다고 한들 믿어 줄 리 없다.

"멍청하긴! 경찰들한테 벌써 기름칠 다 해 놨어! 내가 너희처럼 허술한 줄 알아!"

"경찰에 기름칠을 했고 안 했고의 문제가 아니라고요!"

이미 준비해 놨다면, 경찰이 모른 척할 건 당연하다.

자신들 역시 매번 기름칠을 해서 용역을 투입할 때 모른 척하게 했으니까.

'젠장, 그 새끼가 모를 리 없잖아!'

문제는 노형진이 그걸 모를 리 없다는 것.

"당장 그만둬요. 지금은 일단 사건을 수습해야 할 때입니다."

"야! 이 새끼 끌어내!"

"이봐요!"

조태오는 다급하게 항의했지만 이미 경비원은 그를 끌어내고 있었다.

그리고 김양술은 어디론가 전화를 걸었다.

"어, 난데, 사람이 필요해."

"염병!"

조태오는 다급하게 경비원을 뿌리쳤다. 그리고 전화기를 들었다.

"대표님! 큰일 났습니다! 이 멍청한 놈이 용역을 동원했습니다!"

그는 핸드폰에 대고 절규하듯이 소리를 질렀다.

"거기에 있는 새끼들, 작살나게 밟아 버려! 누가 하나 뒈져도 상관없어!"

험악한 표정의 남자가 큰 소리로 말했다.

그러자 몇몇이 고개를 끄덕거리면서 각목이나 쇠 파이프 같은 연장을 준비했다.

하지만 일부는 걱정스러운 듯 물었다.

"하지만 그러다가 경찰이 오면요?"

"경찰? 이미 이야기 다 끝내 놨어. 경찰 안 와."

"진짜인가요?"

"그래, 대표가 확인해 놨다. 경찰 신고해도 최소한 한 시간 동안은 안 올 거야. 온다고 해도 그냥 순찰차 한 대 정도일 거고."

용역이 투입되면 당연히 상대방은 경찰을 부른다.

하지만 경찰은 언제나 나중에 온다.

설사 온다고 해도, 그냥 구경만 하다가 쓰러진 노조원을 잡아간다.

한두 번이 아닌 만큼, 용역 회사의 사장은 그다지 신경 쓰지 않았다.

"하지만 사장님, 이번에는 숫자가 너무 많은데요."

회사가 작은 곳이 아니다 보니 연좌 농성을 하는 사람만 무려 사백 명.

　그들을 모조리 깔아뭉개기 위해서는 상당한 힘이 필요할 것이다.

　"그래서 사람을 충분히 구했잖아."

　"그건 그렇지요."

　"뭐, 사람 하나 뒈져도 적당히 무마해 줄 수 있으니까 걱정하지 마."

　"그게 가능합니까?"

　"그럼. 원래 이런 건 사람이 죽어도, 누가 죽였는지 모르면 제대로 처벌하지 못해. 내가 이런 새끼들 한두 번 죽여 본 줄 알아?"

　사장은 자신 있게 말했다.

　"이미 이야기해 놨어. 저쪽이 먼저 선빵 친 거고, 우리는 정당방위로 한 거야."

　"네, 형님."

　용역들은 사장의 말에 고개를 끄덕거렸다.

　지금까지 여러 번 이런 일을 했다. 하지만 문제가 생긴 적은 없었다.

　"하지만 카메라도 있잖아요. 그건 좀……."

　누군가 손을 들고 걱정스럽게 말했다.

　그러자 사장이 피식 웃었다.

　"얀마, 회사랑 다 이야기되어 있어. 이미 카메라 다 꺼진 상황이야."

"그래요?"

"그래, 용역 투입하라고 한 게 회사인데 회사가 미쳤다고 증거 남기겠냐?"

"아아."

다들 알겠다는 듯 고개를 끄덕거렸다. 그리고 차에 올라탔다.

사람을 얼마나 많이 뽑았는지, 트럭과 버스마다 사람이 가득가득했다.

"가서 빨갱이 새끼들 대가리를 빠개 버리자!"

"오오!"

환호를 내지르며 차를 타고 달려간 그들은 사람이 없는 새벽, 연좌 농성 중인 회사 앞에 도착했다.

"내려가서 밟아 버려!"

사장의 말에 튀어 나가서 달려가는 사람들.

"어? 뭐야?"

"저거 뭐야?"

"용역이다!"

회사 앞에서 연좌 농성을 하던 노동자들은 당황했다.

갑자기 용역이라니.

"죽여 버려!"

잔뜩 겁먹은 그들을 보고 기고만장해서 소리를 지르면서 달려가는 용역들.

"와아아아아!"

그런데 분위기가 이상했다.

미친 듯이 달려가서 사정없이 두들겨 패고 반쯤 병신을 만들어야 한다.

그런데 달려가던 용역들이, 어느 순간부터인가 걸음을 늦추기 시작했다.

"뭐야?"

"이 새끼들아! 뭐 하는 거야! 가서 밟아!"

"빨리 안 가, 이 새끼들아!"

용역 회사 직원들은 소리를 질렀지만, 그들은 코웃음을 쳤다.

"싫은데."

"뭐?"

"싫다고."

"이 새끼들이 미쳤나?"

"미쳤다기보다는……."

그는 피식 웃으면서 멈췄다. 그리고는 도리어 용역 회사 직원들을 포위했다.

"이쪽이 페이가 훨씬 세거든."

"허억!"

그제야 용역 회사 직원들은 일이 틀어졌다는 사실을 알아차렸다.

자신들이 데려온 사람들이 도리어 자신들을 포위하기 시

작했던 것이다.

"뭐…… 뭐 하는 짓거리야!"

"현행범을 체포하는 중이지요."

그 목소리는 노조 측에서 들렸다.

사람들을 가르면서 나온 노형진은 수적인 열세로 인해 포위된 용역 회사 직원들, 아니 깡패들을 보면서 미소 지었다.

"뭐…… 뭔 현행범?"

"폭행과 살인미수의 현행범."

"뭔 개소리야!"

"개소리는 당신들이 하는 거고."

노형진이 손짓하자 동원된 용역 중 한 명이 그에게 다가가더니 품에서 뭔가를 꺼냈다.

그건 다름 아닌 작은 녹음기였다.

그걸 본 용역 회사 직원들은 얼굴이 사색이 되었다.

"그…… 그건…….."

"용역이라는 곳은 사실 뻔하거든요."

노형진은 피식 웃었다.

"용역이 일할 때를 대비해서 수백 명씩 몰려 있을 수는 없죠. 그만큼 유지되지 않을 테니까. 당연히 핵심 간부 몇 명과 졸개 몇 명이 다죠. 그렇다고 이렇게 많은 사람들을 상대로 자기들끼리만 달려드는 것은 미친 짓이고. 결국 이런 큰일이 들어오면 사람을 모으게 되지요. 뭐, 군대로 보면 동원 사단이라고 해야 하나?"

용역이 투입될 때는, 많으면 수백 명이 동원된다.

문제는 용역을 하는 곳 대부분, 특히 이런 일을 하는 기업은 대부분 깡패들이라는 것이다.

그들이 매달 수백 명을 운용할 정도가 된다면 애초에 이런 짓거리를 하지 않아도 충분히 먹고살 수 있다.

매달 수백 명의 월급을 주는 것도 큰일이니까.

"이런 일을 한다고 하면, 결국 사람들 불러서 채워 넣는 거지."

노형진은 어깨를 으쓱했다.

"그걸 뻔하게 알고 있으니 거기에 사람 집어넣는 건 어려운 일도 아니고."

뒤에서 나온 손채림이 미소 지으며 말했다.

이미 그들이 이렇게 움직일 걸 대비해서, 동원될 사람들을 포섭해서 고용한 상태였다.

그들이 공고를 내면 바로 들어갈 수 있게 말이다.

이 사람들 입장에서도, 사람을 패는 불법적인 일이 아닌 합법적 고발이니 부담이 없고.

"고작 서른 명밖에 안 되는 숫자로 사백 명한테 덤빌 리는 없지요, 후후후."

아까는 당혹스러운 모습을 보이던 남자, 박운현은 미소를 지으면서 앞으로 나왔다.

그리고 모여 있는 사백 명 역시 분노에 찬 모습으로 다가왔다.

"저…… 저리 꺼져! 안 꺼져!"

수적으로도, 질적으로도 완전히 밀려 버린 깡패들은 품에서 사시미를 꺼냈다.

하지만 그들의 앞에 보인 것은 가스총이었다.

"그거 휘두르면 좋은 꼴 못 볼 건데."

"젠장, 그러면 시위에 사백 명이나 붙인 게……."

"이쪽 사람들이 많아야 너희들도 사람을 많이 고용하지."

그리고 그럴수록 자신들이 고른 사람들이 들어갈 가능성은 높아지고 말이다.

생각해 보면 연좌 농성을 사백 명씩 하는 경우는 극히 드물다.

대표로 몇몇이 하거나 교대로 하는 것이 보통이지.

"염병……."

사장은 눈빛이 흔들렸다. 벗어날 수가 없었다.

"벗어나고 싶어도 안 될 거야."

누군가는 품에서 녹음기를, 누군가는 캠코더를, 어떤 사람은 핸드폰을 흔들었다.

증거가 족히 백 개는 넘는 상황.

대놓고 사람을 죽이라고, 책임진다고 했으니…….

"어떻게, 한판 하실래요?"

노형진의 말에, 그는 손에 들고 있는 쇠 파이프를 놓을 수
밖에 없었다.

경찰청장은 얼굴이 사색이 되었다.

녹음된 내용을 듣고 있노라니 창피하다 못해서 당장 죽을
것 같았다.

"미안합니다. 일선 경찰이 이 정도일 줄은……."

"일선요?"

노형진은 코웃음을 쳤다.

과연 일선일까?

112에 신고가 들어가는데, 과연 일선에서 출동을 막을 수
있을까?

"뭐, 그렇다고 해 두죠."

"저희는 최선을 다해서 사건을 해결하도록 하겠습니다.
이번 사건은……."

"살인미수."

"네?"

갑자기 던져진 노형진의 말에 경찰청장은 고개를 갸웃했
다. 살인미수라니?

노형진은 그에게 차분하게 말을 했다.

"모든 것은 때라는 것이 있지요."

"그렇습니다만?"

"저희가 요구하는 건, 김양술과 그 일당에 대한 살인미수 혐의입니다."

"그건 좀……."

경찰청장은 곤란하다는 듯 말꼬리를 흐렸다.

하지만 노형진은 물러날 생각이 없었다.

'틀린 말도 아니고.'

애초에 그들이 용역을 쓸 때, 누구 하나 죽여도 상관없다고 했다.

아니, 거기까지 갈 필요도 없다.

신공장이 안전장치 없이 돌아갔다면 도대체 몇 명이나 산업적 질병으로 죽었을지, 알 수가 없다.

결국 직접 손만 쓰지 않았을 뿐, 김양술과 그 일파가 사람을 죽이려고 한 것은 사실인 것이다.

"그들을 살인미수로 조사하고 처벌을 요구하세요."

"그건……."

"그러지 않으면 이걸 나중에 공개할 겁니다."

"나중에요?"

"네. 지금은 공개해 봤자 결국 묻혀 버릴 테니까요."

노형진은 증거가 들어 있는 가방을 두들기며 말했다.

"지금 공개하면 경찰은 최선을 다해서 수사한다고 그냥 둘

러대고 결과를 내면 그만이죠. 그게 우리 마음에 들지 안 들 지는 알 수 없지만. 하지만 나중에 공개하면 어떻게 될까요?"

녹음 내역이나 행동을 보면 명백하게 살인미수다.

그런데 단순 폭행 같은 걸로 처벌한다면?

그때는 증거가 대중에게 공개될 것이다.

"그러면 대중은 뭐라고 생각할까요?"

경찰청장은 얼굴이 사색이 되었다.

지금 공개하면 나중에는 잊힌다.

하지만 처벌이 확정된 후에 이런 게 공개되면, 아무리 자신 들이 노력했다고 해도 결국은 경찰이 뇌물을 처먹고 약한 처 벌을 주려고 조사했다는 식으로 이미지가 만들어질 것이다.

"하지만 살인미수는 마음대로 할 수 있는 게……."

"그 정도도 못할 경찰이 아니잖아요?"

"……"

"판사가 살인미수를 인정하고 안 하고의 문제가 아닙니 다. 살인미수로 기소만 하세요. 검사한테 읍소하고 매달리든 뇌물을 주든, 상관없습니다. 어쭙잖은 죄목으로 대충 처벌하 면, 인터넷에 이 증거들 다 까발릴 겁니다."

청장은 입술이 바짝바짝 말랐다.

다른 경우에 변호사가 이런 소리를 했다면 당장 끌어냈을 것이다.

하지만 그는 지금 중요한 증거를 들고 있다.

그것도 경찰에 아주 위협적인 증거를.

'네놈도 처먹었겠지.'

노형진은 청장을 보면서 미소 지었다.

안 봐도 뻔하다.

그러니 자신이 여기서 손 털면 적당히 무마하고 풀어 줄 것이다.

"그건⋯⋯."

"뭐, 하기 싫으시다면."

노형진은 어깨를 으쓱하며 일어났다.

"대중이 좋아하겠지요. 아마 올해 최대 떡밥이 되지 않을까 싶네요, 후후후후."

청장은 자신이 선택할 수 있는 게 없다는 사실에, 그저 아랫입술을 지그시 깨물 수밖에 없었다.

⚖️

─도건화학의 김양술 사장은 노조 파괴를 목적으로⋯⋯.

─경찰은 김양술을 노조 파괴와 살인미수 혐의로 긴급체포 하는 한편⋯⋯.

─태양컨설팅은 이번 사건에 대해 자신들은 전혀 아는 바가 없으며, 자신들은 그저 영업 컨설팅 업무만을 진행하는 기업이라고⋯⋯.

노형진은 뉴스를 보다가 꺼 버렸다.

결국 김양술은 살인미수로 기소되었다. 거기에다 노조 파괴 행위에 대한 처벌까지 피할 수 없게 되었다.

"신노조의 소평섭이 통수를 깔 줄은 몰랐겠지."

"깔 수밖에 없는 거지."

법무 법인 태양의 변호사들은 조태오의 전화를 받자마자 당장 사임계를 내 버렸다.

그의 말마따나 노형진이 뭔가 준비했을 거라 생각했기 때문이다.

당연히 무슨 일이 벌어질 텐데, 거기에 자신들까지 엮여 들어가고 싶지는 않았을 테니까.

그리고 그 때문에 소평섭은 제대로 변론도 하지 못했다.

다급하게 자기 돈으로 변호사를 구해 보려고 했지만 그들이 가진 돈은 뻔했다.

더군다나 이미 사실상 노조 파괴 증거는 넘치는 상황이 되어 버렸다.

당연히 소평섭은 자신의 죄를 줄이고 배상 책임을 피하기 위해, 김양술의 명령을 받아서 노조 파괴를 목적으로 활동했다는 것을 인정할 수밖에 없었다.

"그런데 왜 굳이 살인미수를 요구한 거야?"

"그냥 두면 뻔하잖아. 대충 집행유예로 나오겠지."

폭행 미수나 단순 폭행 교사 같은 걸로 가면, 사업가이고 돈이 있다는 특성상 집행유예가 나올 가능성이 높다.

"하지만 방향이 살인미수로 가 버리면, 아무리 그래도 집행유예는 거의 불가능하지."

물론 기본적으로 집행유예는 3년 이상 징역은 해당되지 않는 것이 보통이다.

살인미수는 5년 이상의 징역이니 처벌의 대상이 되지 않아야 정상이나, '그 정상을 참작할 이유가 있는 경우에는'이라는 조건이 문제다.

원래는 자기를 지키기 위해 저항하다가 과잉 방어하는 경우나 장기간 목숨이 위험할 정도로 학대받았거나 하는 경우에 해당되어야 하는 조항이지만…….

"알잖아? 코에 걸면 코걸이, 귀에 걸면 귀걸이."

"끄응."

그 참작할 사유를 판단하는 것은 법원이니까.

"하지만 확실히 폭행보다는 집행유예가 나올 가능성이 훨씬 낮지. 거기에다가 한두 명에 대한 게 아니라 무차별적인 폭행을 통해 죽어도 상관없다는 식이었으니까."

노형진의 말에도 손채림은 여전히 이해가 가지 않았다.

"하지만 굳이 그럴 필요가 있어? 어차피 노조 파괴를 막는 의뢰였잖아. 저 정도면 노조 파괴는커녕 노조에 찍소리도 못할 텐데?"

"그건 그래. 하지만 말이야, 애초에 이번 사건의 원인이 뭔지 봐 봐. 공장 건설이잖아. 그런데 그건 노조의 권한이 아니고."

"아."

노조에서 불상사를 대비해서 안전장치를 요구했으나 거절 당한 것.

그게 이번 사건의 원인이었다.

그리고 회사에서 공장을, 그것도 공정과 결과물이 다른 공정을 설치하려고 한다면 노조에서 막을 수 있는 방법은 없다.

"만일 집행유예로 나온다면 그의 사장 자리는 유지될 거야. 그러면 노조랑 친하게 지낼까, 아니면 개무시하고 공장 지을까?"

"공장 올리겠네."

"그래. 그때는 진짜 답이 없어."

노조에서 항의하겠지만, 철저하게 무시하면 된다.

노조 파괴는 못 하겠지만 공장 건설 자체는 문제가 없으니까.

"그러면 얼마나 많은 사람들이 고통받겠어?"

"그래서 굳이 네가 그렇게 강하게 요구한 거구나."

"그래."

실형이 나오면 김양술은 아무리 짧아도 5년간 세상으로 나오지 못한다.

기업의 사장 자리를 5년간이나 비워 둘 수는 없으니 이사회에서는 새로운 사장을 뽑을 테고.

"새로운 사장은 최소한 병신 짓은 하지 않겠지."

물론 멀쩡한 인간이 뽑혀야겠지만, 누가 되든 전 사장이 그 꼴이 나는 걸 두 눈으로 봤으니 무리한 짓은 하지 않을 것이다.

　공장 자체는 올릴 수 있겠지만 안전장치를 추가로 설치하는 쪽으로 갈 가능성이 높다.

　그런 거라면 노조에서도 막을 이유가 없고 말이다.

　"여럿 살렸다."

　"그래, 네가 여럿 살렸다."

　노형진은 피식 웃었다.

　"그나저나 너희 아버지는 지금쯤 펄펄 뛰고 있을까?"

　"그럴 리가. 그럴 감정을 가지고 있으면 내가 이렇게 쫓겨났겠어?"

　한숨을 쉬는 손채림.

　"뭐, 원한을 자기 뼈에 새기고 있겠지."

　손채림은 눈을 찌푸렸다.

　"그 인간, 원한은 절대로 잊지 않는 타입이거든."

　사이코패스는 그런 성향이 강하다.

　20년 전의 작은 원한으로도 사람을 죽이는 게 그들이다.

　"어떤 연예인이 이런 말을 한 적이 있지."

　"어떤 말?"

　"누가 널 이유 없이 싫어하면, 싫어할 이유를 만들어 주라고."

　그리고 노형진은 손하균에게 자신을 싫어할 이유를 만들어 주는 데 어떠한 주저함도 없었다.

깊고 어두운 곳

　-노 변호사님.

"아이고, 깜짝이야!"
　일하느라고 모니터를 뚫어지게 바라보던 노형진은 갑자기 얼굴이 두둥 떠오르는 바람에 심장이 떨어지는 줄 알았다.

　-뭐 하세요?

"야! 흑염룡! 너 장난치지 말랬지!"

　-이히히히.

노형진은 모니터에 떠오른 흑염룡, 그러니까 공식적으로는 인터넷 보안 팀을 담당하고 있는 이수종을 보고 눈을 찌푸렸다.

─화내셔도 전 안 들려요! 아아아안 들려!

노형진은 눈을 찌푸렸다.
그는 컴퓨터에 관한 한 천재다.
그래서 노형진은 그를 스카우트해서 보안 및 기타 정보 요원으로 쓰고 있었다.
인터넷은 넓고 넓으니, 그곳에 대해 잘 아는 사람이 있어야 하니까.
"망할 놈."
하지만 아무리 그라고 해도, 아무것도 없는 곳에 물건을 만들어 낼 수는 없다.
당연히 이 사무실에는 마이크가 없으니 안 들릴 수밖에.
"너 인마, 그러다 누구 자빠진다."
결국 전화해서 한 소리 하는 노형진.
"그리고 아직도 그놈의 흑염룡은 네 왼팔에 잠들어 있냐?"
─아, 진짜! 그건 닉이잖아요.
"시끄러! 그런데 어쩐 일이야?"
아무리 전산과 관련이 없는 법률 쪽 업무라곤 해도, 그가 한가한 것은 아니다.

인터넷에서 이런저런 정보를 추적하는 것은 상당한 시간이 들어가는 일이니까.

─와서 사건 하나만 해결해 주셨으면 하는데요.

"사건?"

노형진은 고개를 갸웃했다.

그는 새론에 속해 있다. 당연히 변호사는 의뢰를 받지 않으면 일하지 않는다는 것을 안다.

그런데 사건이라니?

"뭔데? 어지간하면 그냥 경찰에 넘겨."

─다크 웹.

노형진은 움찔했다. 그리고 눈을 찌푸렸다.

"그걸 왜 나한테 말해?"

아무래도 이수종은 사람들이 다니지 않는 곳을 잘 다닌다.

길이 아니라 인터넷을 말이다.

사람들이 인터넷을 통해 다양한 정보를 접한다지만, 사실 정해진 사이트만 가는 성향이 강하다.

매일같이 인터넷을 접속해도 결국 가는 곳은 열 군데 미만이다. 다른 곳은 몰라서 안 가는 편이다.

설사 가고 싶어도, 몇몇 사이트는 전용 프로그램이 깔려 있지 않으면 접근 자체가 불가능하다.

그런데 경찰은 그런 곳에 대해 거의 손쓰지 못한다.

그래서 그런 게 보일 때마다 이수종은 경찰에 익명으로 신고한다.

그러니 그런 걸 발견했다면 경찰에 신고해야 한다.

하지만 이어지는 다음 말에, 노형진은 구역질이 나는 표정이 되었다.

─중국이에요. 그런데…….

"염병……."

긴급하게 모여든 사람들.

그들은 벽면에 비치는 인터넷 사이트를 보면서 침음성을 흘렸다.

"이게 뭐야?"

"보다시피."

"보다시피라고 해도, 난 중국어를 모르는데?"

무태식은 이수종에게 단호하게 말했다.

"번역."

"아, 진짜. 태식이 형은 공부 좀 해."

"허? 얀마, 세상에 변호사한테 공부 좀 하라고 타박하는 놈이 어디 있어? 그리고 노 변호사님은 변호사님이라고 부르면서 왜 난 형인데?"

"난 형이랑 더 친하잖아."

히죽거리는 이수종.

송정한은 그들을 보다가 탁자를 탁탁 두들겼다.

"수종 군, 잘 모르겠어서 그러는데 설명 좀 해 주겠나?"

"아, 네."

아무래도 이수종은 어린 나이에 입사해서 그런지 여전히 다른 사람들에게는 어려 보인다.

물론 아직도 어린 나이이기는 하지만 말이다.

"이 사이트는 다크 웹 중 중국 사이트예요. 정식 명칭은, 뭐…… 중요하지 않지요."

"그래서, 뭐 하는 사이트인데요?"

"인신매매요."

다들 눈이 꿈틀거렸다.

인신매매.

최악의 범죄 중 하나이자, 수천년간 근절되지 않는 범죄 중 하나다.

"인신매매?"

"네. 이걸 번역해 달라고 하셨죠? 뭐. 다 아실 필요는 없어요. 딱 봐도 이 부분은 사진이고 이 아래는 가격이지요."

노형진은 그 부분을 보면서 침음성을 삼켰다.

그 아래로 보이는 페이지 번호가 한두 개가 아니었다.

그만큼 매물, 그러니까 납치된 사람이 많다는 거다.

"중국은 인명 경시 풍조가 심해요. 당연히 이런 일이 많지요."

"그건 알고 있지."

거기에다 중국의 치안은 아주 개판이다.

오죽하면 백주 대낮에 납치범이 엄마나 유모를 때려눕히고 아이를 납치해 가는 경우도 많다.

실제로 어떤 부모는 그런 식으로 아이를 빼앗겼다.

차라리 돈을 요구한다면 돈이라도 주고 찾아오겠는데, 범인들의 목적은 그것이 아니었다.

시간이 지나서 우연히 빼앗긴 그 딸의 모습이 인터넷에 떴다.

멀쩡했던 아이는 팔과 다리를 잘린 채 시장 바닥을 기어다니면서 구걸하고 있었다.

구걸할 때 동정심을 얻기 위해서 범죄자들이 팔다리를 잘라 낸 것이었다.

"우리나라도 납치한 애들을 병신으로 만들어서 앵벌이를 시키던 놈들이 있었지."

"아직도 있을 수 있습니다."

"부정을 못 하겠군."

송정한은 심각한 얼굴로 말했다.

"그거야 어느 정도 알고는 있지 않나? 그런데 이걸 우리가 해결하라고? 중국도 해결하지 못하는 걸 무슨 수로?"

김성식 변호사 역시 고개를 갸웃했다.

전직 검사로서 이러한 범죄에 대해 모르지는 않았다.

하지만 안다고 해도, 해결하는 것은 전혀 다른 문제다.

더군다나 타국이 아닌가?

"중국에서 자기들끼리 지지고 볶고 하는 건 저도 관심 없어요. 다크 웹에서 벌어지는 모든 것을 다 해결하자고 덤빌 만큼 제가 이상주의자도 아니고요."

"그러면?"

"이게 문제예요."

이수종은 검색창에 몇몇 글자를 입력했다.

그러자 화면이 바뀌면서 창이 바뀌어 올라갔다.

그러더니 아까는 족히 수백은 되어 보이던 페이지 숫자가 여섯 개로 확 줄어들었다.

거기에는 사람들의 사진이 올라가 있었다.

대부분 멍하고, 포기한 듯한 얼굴들이었다.

"설마……."

검색창에 쓰인 단어를 본 노형진은 눈이 꿈틀거렸다.

"한국?"

"네. 한국 출신의 상품들이지요."

충격에 휩싸인 사람들은 아무런 말도 하지 못한 채 화면만 바라보았다.

한 페이지에 대략 스무 명 정도의 프로필이 뜬다.

그게 여섯 페이지. 그러니까 백스무 명이다.

"상품이라니……."

침묵이 흐르고 다들 눈이 떨렸다.

상품이 아니라 인간이다. 그러나 저들은 상품으로 취급되며 절망으로 포장되어 있었다.

"잠깐, 저거……."

멍하니 모니터를 바라보던 손채림의 시선이 맨 아래에 있는 사진에서 멈췄다.

잔뜩 겁먹은 눈빛. 노란색 옷에 노란색 모자를 쓴 작은 아이.

"저거 유치원생 아냐?"

"아마도요."

"애까지 납치한다고?"

"상품이니까요."

목적이 있으면 그에 맞는 상품이 있는 거다.

누군가가 성인을 필요로 하면 성인을 파는 거고, 애를 필요로 하면 애를 파는 곳.

"씨발……."

"이래서 신고해 봐야 소용없다는 거로군."

신고를 한다 해도, 대한민국 경찰이 중국에서 수사를 할수는 없다. 결국 중국에 수사를 맡기는 방법뿐이다.

문제는, 중국에 수사를 맡기는 순간 정보가 새어 나갈 거라는 거다.

중국 정부의 부패는 상상 이상이다.

중국 정부가 이런 곳을 몰라서 못 잡을까?

아니다. 잡고 싶어도 못 잡는 거다.

수사하려고 하면 누군가 먼저 정보를 흘리니까.

이건 중국 정부만의 문제가 아니다.

심지어 선진 경찰이라고 하는 미국도 다크 웹을 해결하지 못하고 있다.

오죽하면 사람들이 다크 웹을 전 세계 공권력의 공포라고 표현한다.

"상당히 곤혹스럽군."

"그렇지요?"

"그래."

노형진은 페이지를 넘기면서 입을 꾹 다물었다.

사진에 보이는 사람은 한두 명이 아니었다.

주로 여자들이었지만 남자도 몇몇 있었다. 그리고 아이들도.

"이들은…… 아무리 봐도 일가족 같은데."

비슷하게 주르륵 나열된 사람들.

부부로 보이는 젊은 남녀와 여자아이 둘.

"여행을 갔나 보군."

"개자식들."

그걸 보고 무태식은 분노로 부르르 떨었다.

저들은 여행을 가면서 얼마나 행복과 즐거움에 가득 차 있었을까?

그런데 이런 일을 당하다니.

"모든 문제를 해결할 수는 없어요. 하지만 보이는 건 어쩔 수 없잖아요. 그리고 몇몇 사진을 보면 이상한 점이 있어요."

"이상한 점?"

손채림은 눈썰미가 빨라서 그런지 금방 알아차렸다.

"유치원 원복을 입고 여행을 가지는 않잖아?"

그러고 보니 그랬다.

아까 손채림이 골라냈던 아이는 노란색 유치원 옷을 입고 있었다.

그제야 다들 뭔가 이상하다는 생각이 들었다.

몇몇 사람들은 여행과는 어울리지 않는 복장을 하고 있었다. 거기서 그렇게 입혔을 수도 있지만…….

"그러면……."

"한국 내부에 납치 조직이 있다는 거죠. 조건에 맞춰서 납치해 주는."

다들 얼굴이 더 꾸겨졌다.

그 말은 여기에 등록되지 않은 사람들이 더 있을 거라는 뜻이다.

물건을 조건에 맞춰서 주문생산 하는데 사이트에 올려 두고 팔지는 않으니까.

"허."

"하지만 경찰은 모르겠지."

어깨를 으쓱하는 노형진.

"이게 무슨 개 같은 경우야."

손채림은 사진들을 계속 넘기며 부들부들 떨었다.

그들의 눈은 하나같이 공포로 가득했다.

"물론 못 본 척할 수도 있어요. 우리가 의뢰받은 사건도 아니고, 중국에서야 현지인 납치 사건은 훨씬 더 많으니까."

"하지만 그런 식으로 두면 결국 다음은 나지."

김성식은 이해가 간다는 듯 고개를 끄덕거렸다.

"맞아요. 지금이야 내가 아니라지만, 다음에는 내가 될 수도 있지요. 더군다나 아까도 말씀드렸다시피, 일부는 여행자 복장이 아니에요. 한국 내부에 전문 납치 조직이 있다고 봐야겠지요."

송정한은 말문이 턱 막혔다.

이걸 어떻게 해야 하는지, 도무지 답이 보이지 않았기 때문이다.

"경찰의 도움 없이 잡을 수 있겠나?"

"말도 안 되죠. 이 정도 규모의 사이트를 운영하는 데에는 삼합회가 안 낄 수가 없어요."

일개 변호사 회사가 감당할 수 있는 수준이 아니라는 거다.

"가장 안전한 건 이들을 돈을 주고 사 오는 거지만……."

"가장 멍청한 짓이지."

전 세계 어느 나라도 인질범과 협상하지 않는다.

'아니, 한국은 하는구나.'

한국은 포교 활동하러 이슬람 국가에 갔다가 인질이 된 자들을 돈 주고 데리고 온 전적이 있다.

하지만 대부분은 그리하지 않는다.

'하지 않을 수밖에 없지.'

한번 주기 시작하면 끝이 없으니까.

한두 번 주고 나면 그곳은 호구가 된다. 결과적으로 집중적인 납치 대상이 되는 것이다.

"일단 제가 할 수 있는 건 여기까지예요."

이수종은 거기까지 말하고 입을 다물었다.

그는 정보를 구하는 사람이지 해결책을 만드는 사람이 아니다.

"돌겠군."

김성식은 왠지 자괴감이 들었다. 이런 개 같은 상황이 벌어지고 있는데 자신이 할 수 있는 게 없다니.

"내 의견을 말하자면…… 이건 우리의 능력으로 어쩔 수 없는 사건이야. 그나마 할 수 있는 건 경찰에 신고하고 도움을 요청하는 정도지."

"역시 그런 거군요."

이수종은 딱히 실망하지 않았다.

그가 생각하기에도 그거 말고는 방법이 없었으니까.

애초에 변호사는 법으로 싸우는 사람이다. 그런데 이건 법의 문제가 아니다. 거기에다 국가마저 다르다.

그런데 어떤 식으로 해결한단 말인가?

"거기에다, 자네 말마따나 뒤에 삼합회가 있는데 우리가 싸울 수 있을까?"

"우리는 못 싸우죠."

노형진은 잠깐 침묵을 지켰다.

변호사로서, 여기에 있는 사람들에게는 싸울 방법이 없다.

"하지만 변호사가 아니라면 싸울 방법이 있지요."

"변호사가 아니라면 싸울 수 있다고?"

"네."

"아니, 무슨 소리야? 우리는 그냥 평범한 변호사……."

말을 하던 송정한은 문득 입을 다물었다.

자신들은 평범한 변호사다. 아니, 자신들만 평범한 변호사다.

지금 이 자리에는, 변호사이되 변호사로서의 힘보다 더 강한 힘을 쥐고 있는 사람이 있다.

"자네가 나서겠다 이건가?"

"그것 말고는 솔직히 방법이 안 보이는데요."

"정의감 때문인가?"

"모르겠네요. 하지만 전문 납치범들이 한국에서 활보하는 걸 마냥 두고 보고 싶지도 않은데요."

"후우."

송정한은 한숨을 푹 쉬었다.

확실히 노형진에게는 자신들은 비교도 못 할 힘과 권력과 돈이 있다.

하지만 거기까지다.

"자네의 능력은 아네. 하지만 자네는 영화에 나오는 영웅이 아니야. 날아가서 테러범 때려잡고 인질을 구하거나 하는 건 못 한단 말일세. 무슨 수로 이 사람들을 구한단 말인가?"

"최소한 국내는 해결할 수 있겠지요."

일단 국내에 있는 납치 조직을 찾아서 박멸할 수는 있다.

그건 경찰의 도움도 충분히 받을 수 있고 말이다.

"자네 말을 들어 보니 한국은 그렇다 쳐도 중국까지 가서 다 구해 올 생각인 모양인데, 도대체 뭔 수로? 설마 자네, 그 돈으로 미국산 슈퍼 영웅이라도 수입해 오려고?"

"오, 그게 좋은 생각이네요."

"뭐라?"

송정한의 말에 노형진이 갑자기 좋은 생각이 난 듯 웃었다.

"미국산 슈퍼 영웅, 수입하죠."

"누구한테서?"

"그런 걸 팔 만한 사람을 잘 알고 있습니다."

노형진은 눈을 반짝거렸다.

⚖️

"너는 만날 때마다 더 황당한 요구를 하는군."

남상진은 노형진을 보고 어이가 없다는 듯 눈을 찌푸렸다.

"그래도 기브 앤드 테이크는 확실하게 하잖아?"

"장난하나? 난 최소한 돈값은 해 주자는 주의야. 하지만 미국산 슈퍼 영웅이라니, 일을 너무 많이 해서 뇌가 익어 버리기라도 한 건가?"

남상진의 독설에도 아랑곳하지 않고 노형진은 그저 싱글싱글 웃을 뿐이었다.

"왜 이러시나, 알 만한 사람이."

"뭐, 용병이라도 고용하고 싶은 모양인데, 개소리하지 마. 그런 일 하는 용병은 없어."

물론 용병 기업들은 있다.

하지만 민간인이 해외에 나가서, 총질해서 인질을 대신 구해 온다?

그런 일을 하는 곳은 없다.

그건 심각한 정치적 문제가 되기 때문이다.

아무리 범죄자라고 하지만, 미국 사람이 한국에 와서 총질해서 폭력 조직을 토벌했다고 치자.

사람들이 영웅 취급은 해 줄지언정, 국가적으로 봤을 때 그는 정치적 핵폭탄을 던진 셈이다.

"물론 해외에서 활동하는 사람들도 있지. 하지만 그건 어디까지나 국가의 승인을 받아서 활동하는 거야. 아프가니스탄, 이란, 이라크, 파키스탄 등 치안이 불안한 곳에서 말일세."

"그래?"

"그래, 네가 생각하는 그런 용병은 없어."

못을 박아 버리는 남상진.

하지만 노형진은 씩 웃으며 그에게 반문했다.

"없다고? 그러면 죽음의 천사는?"

"뭐?"

"죽음의 천사 말이야."

"뭔 게임에나 나올 만한 대사를 하나?"

"게임에도 나오기는 하지. 하지만 미국에는 존재하는 것으로 알고 있는데. 아니면 미국 정부에 물어봐야 하나?"

남상진의 눈이 꿈틀거렸다.

"물어보든가."

"너 팔아도 되는 거지?"

"쌍놈의 새끼!"

남상진의 입에서 그답지 않게 거친 욕설이 튀어나왔다.

그러면 자신의 운신의 폭이 확 줄어든다.

특히 미국에서 주요 무기를 사 오는 그의 입장에선, 입국 순간부터 미국 정보 요원이 따라붙을 것이다.

"그러니까 본사, 아니 본사라고 하는 건 좀 그러네. 회사는 아니니까, 아지트라고 해야 하나? 그래, 아지트. 아지트가 켄터키주에 있다지?"

"너……."

남상진은 잠깐 침묵을 지켰다.

그리고 주변을 빠르게 살피더니 뭔가를 꺼내서 옆에 올려 놨다.

원거리 녹음이나 감청을 방지하는 장비였다.

그리고 노형진 쪽으로 몸을 깊숙이 숙여 나지막하게 물었다.

"너 어디까지 아는 거야?"

"나도 잘은 몰라. 하지만 그들이 존재한다는 것은 알고 있지. 그리고 그들이 우리가 원하는 일을 하는 것도."

"너 같은 얌생이 변호사가 어떻게 그걸……?"

"나도 정보 라인이 있으니까, 후후후."

죽음의 천사.

게임에서 그럴듯하게 나오는 명칭.

하지만 실제로 미국에 죽음의 천사가 있다.

그들은 용병이지만 용병이 아니다.

미국은 다른 나라와 마찬가지로 납치 같은 문제가 빈번하게 발생하는 나라다.

한국에서처럼 납치된 아이가 다른 나라에 팔려 나가는 경우도 많다.

'그리고 그들은 일종의 자원봉사자지.'

그들이 누군지는 누구도 모른다.

하지만 그들은 전투의 프로이며, 철저하게 훈련된 자들이다. 그저 예상으로만 미국 특수부대를 제대한 사람들이라고 생각할 뿐이다.

그들은 그렇게 납치된 아이들을 찾아온다.

돈을 주는 게 아니다. 말 그대로 남의 나라에 가서 납치한 범죄자들과 총질을 하고, 깡그리 죽여 버리거나 피해 아동을 찾아내서 빼 가지고 온다.

물론 불법이며, 또한 극히 일부만 아는 사실이다. 당연히 일반인은 모른다.

그래서 일반인은 죽음의 천사라고 하면 그냥 게임에나 나오는 단어라 생각한다.

'하지만 무기 딜러라면 이야기가 달라지지.'

그들이 아무리 능력이 좋아도, 달랑 칼 하나 들고 반군이나 테러범과 싸울 수는 없다.

당연히 총이나 기타 무기들을 가지고 비행기를 탈 수는 없으니, 현장에서 구해야 한다.

신분증이야 위조해서 어찌 해결할 수 있다지만 무기는 그게 안 된다.

구하는 것도 쉽지 않고, 각자 익숙한 무기가 있기 마련이니까.

그러니 현장에서 범죄자를 때려눕혀서 무기를 얻는다는 식의 황당한 전략도 불가능하다.

결국 무기 딜러가 그들에게 무기를 팔아야 하는 것이다.

그것도 전 세계 각국에 있는 딜러들이 말이다.

"알 텐데?"

"모르지는 않지. 하지만 직접적인 라인은 없어."

결국 남상진은 인정했다.

노형진이 다 아는데 새삼 모른 척해 봐야 의미가 없으니까.

"한국에서는 한 번도 작전을 한 적이 없으니까."

"그래도 접촉할 방법은 있다는 거군."

"뭔가 잘못 아는 것 같은데, 그들은 아동 납치만 취급해."

"납치된 아동도 있어."

"전혀 다르다고. 납치된 아이들을 구출하는 것과 아동이 포함된 집단을 구출하는 건, 전혀 다른 문제야."

"그래도 이야기는 해 볼 수 있지."

"끄응…… 그들이 과연 하려고 할까?"

이번에는 노형진이 남상진에게 몸을 기울였다.

"그들에 대한 전폭적인 지원은 어때?"

"전폭적인?"

"그래, 원하면 탱크든 전투기든 다 사 주는 그런 지원 말이야. 그 정도면 협상할 만하지 않겠어?"

노형진의 정체를 알지 못하는 남상진은 미친놈 보듯이 그를 바라보았다.

다음 권으로 이어집니다

# 200평 초대형 24시 만화방

수면실 (침대식) — 사우나석

다인석 — 샤워실

세탁기 — 신간100%

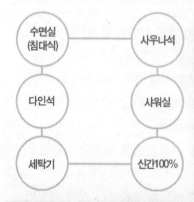

## 📖 수원 인계동점

● 나혜석거리 　　● 농협

● CGV 　　● 수원시청역 ⑧

무비 사거리

소주한잔 건물
**24시 만화방 3F**　홍콩반점　홈플러스

TEL : 031-226-3771
수원시 팔달구 인계동 1041-11 3층 24시 만화방

## 📖 의정부점

의정부역 ④ ⑤　　흥선지하도

◀서울방향

진성약국　　던킨도넛츠

**24시 만화방 3F**

TEL : 031-856-3971
경기도 의정부시 의정부동 197-13 3층

## 📖 주안점

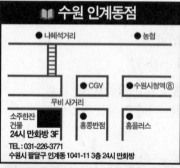

주안 남부역

◀제물포　민병철 어학원　간석동▶

**25시 만화방 6F**

TEL : 032-426-2871
인천광역시 주안남부역 지하상가 4번 출구 GS25시 건물 6층

## 📖 안양점

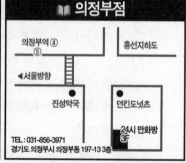

● 안양역　　육교

◀관악역　　　명학역▶

농협　**24시 만화방 2F**　안양일번가

TEL : 031-466-3771
경기도 안양시 안양동 674-163 죠이당구장건물 2층